REQUIEM POUR UN CHAT

DU MÊME AUTEUR

MARTHA ARGERICH. L'ENFANT ET LES SORTILÈGES, Buchet/Chastel, 2010.

PASSION CLASSIQUE, Arléa, 2010.

MES AMOURS CLASSIQUES, La Martinière, 2011.

ENTRETIEN AVEC MOZART, Plon, 2012.

DANS LA GUEULE DU LOUP, Buchet/Chastel, 2013.

UN MONDE HABITÉ PAR LE CHANT (avec Teresa Berganza), Buchet/Chastel, 2013.

DICTIONNAIRE AMOUREUX DU PIANO, Plon, 2014.

UN HIVER AVEC SCHUBERT, Buchet/Chastel, 2015.

IL NOUS FAUT DE L'AMOUR (avec Felicity Lott), Buchet/Chastel, 2016.

LE TRIO WANDERER, LE BEL ÂGE, Art 3, 2017.

OLIVIER BELLAMY

REQUIEM POUR UN CHAT

BERNARD GRASSET
PARIS

P. 147 : Barbara, *Pierre*, © Mercury, 1964.

Photo de bande : © Laporta/Leemage

ISBN : 978-2-246-81376-7

À M…

« C'est la mère Michel qui a perdu son chat,
Qui crie par la fenêtre à qui le lui rendra. »

M

Et comment commencer ! Au début, à la fin ?

Au milieu, par saint Charles, visons au cœur ou rien.

Dans « amour », c'est la lettre m *qui donne le baiser, les lèvres se projettent en avant, plongent dans la voyelle et s'y noient.*

Dans « larmes », m *forme une boule dans la gorge, peine à sortir et meurt sans bruit.*

S'élevant comme un portique, M *possède un axe de symétrie vertical. Ce qui lui confère une certaine dimension.*

Moins que H *qui possède un double axe symétrique (horizontal et vertical) représentant une croix.*

Pas étonnant que le Tétragramme hébraïque YHWH, représentant le nom de Dieu dans les Saintes Écritures, utilise par deux fois le graphème H.

M *n'est qu'à demi symétrique, donc à demi sacré, normal.*

Majuscule, on dirait une montagne creusée d'une vallée ; minuscule, deux petits ponts en quête de rivière.

C'est la treizième lettre de l'alphabet. Nombre fatal, surtout à table.

Sa position est particulière : le M *de « moitié » se situe pile au milieu de l'alphabet.*

Pour bien d'autres raisons, M *est une lettre fondamentale. C'est la lettre de la mythologie pour les hellénistes, de la métaphore pour les écrivains, de la musique pour les mélomanes, de la marée pour les marins.*

Et de Marseille pour les Marseillais.

Noël à Marseille

« Ma mère, je la vois,
Oui, je revois mon village
Ô souvenirs d'autrefois… »

Carmen, Bizet/Meilhac et Halévy

Il semble que j'aie toujours vécu avec des chats. Des chats et un piano. Sauf à Marseille qui représente le paradis perdu de mes jeunes années. Nul besoin de chat ni de musique au soleil de l'enfance : les chats traînent dans les rues, et la musique de la langue, du mistral, de la mer règne sans partage. Les chats et les pianos n'ont été domestiqués que pour nous consoler du temps gris et de la lancinante brûlure de l'exil.

Je suis né à Marseille, au bord de la mer Méditerranée. C'est ma matrice, mon moule, ma « matrie ». Je n'y ai plus d'amis d'enfance, seulement de la famille, mais j'ai le sentiment que je pourrais m'y installer pour finir mes jours. Dès que j'y reviens, je ressens la tendresse de cette *bonne mère* qui me dit que je suis de retour à la maison. Une familiarité profonde, donc à fleur de peau, m'envahit, m'engourdit presque. La musique de l'accent sous le vent me prend comme une potion douce-amère.

Après les attentats de novembre 2015 qui ont endeuillé la France et m'ont plongé dans une tristesse telle que mes larmes coulaient sans frein, j'ai voulu passer le réveillon de Noël avec ma mère et mes frères. Normalement, à cette période de l'année, je m'évade dans une jolie maison que je loue avec un ami à La Marsa, en Tunisie. Célébrer une fête familiale à l'écart de sa famille sonne comme une dissidence. Mais quand on s'est toujours senti à la marge, il a bien fallu s'inventer une contre-norme. Curieusement, cette fête chrétienne retrouve son sens originel en pays musulman, ne serait-ce que pour des raisons géographiques, puisque Jérusalem se rapproche. Et puis si Chopin ne s'est jamais senti aussi polonais que parmi les Français, j'ai retrouvé moi la fraîcheur de l'église de mon enfance au pays de Mahomet.

Au départ, c'était surtout pour échapper au poids des retrouvailles familiales, fuir les obligations de toute sorte, trouver le temps d'écrire, et voler quelques éclats de soleil. Chaque année, j'appelais ma mère pour lui dire qu'il fallait que je me repose. Elle me répondait : « Mais bien sûr mon chéri, va en Tunisie. » Jamais elle n'a cherché à me culpabiliser. C'était commode.

Jamais non plus elle ne m'a fait savoir que ma présence lui serait sinon nécessaire du moins agréable. Quand on doute de l'amour de sa mère, comme ça a été le cas toute ma vie, la bienveillante indifférence que les chats manifestent à notre égard possède la force rassurante d'un repère (un *re-père*, dirait Lacan). Car on n'est jamais sûr que les chats nous aiment. Ils tiennent trop à leur liberté et à leurs habitudes pour nous signifier leur attachement. Certains humains en sont désorientés et préfèrent la dévotion des chiens qui les rassure. Tandis qu'avec une mère indépendante et pudique telle que la nature me l'a octroyée, l'émancipation des chats recrée un jeu familier, fait réentendre un air connu surgi du lointain qui étrangement donne un sentiment de sécurité. La distance appelant la distance, je n'ai plus eu besoin de prévenir ma mère de mon absence à Noël, elle allait de soi.

Mais après la tuerie du Bataclan, j'ai éprouvé le besoin de retisser des liens distendus. De retrouver cette ambiance familiale oubliée. Après la mort de mon père, nous étions collés les uns aux autres, ma mère, mes frères et moi. Ce n'était pas une sinécure : je me disputais sans arrêt avec ma mère, avec mes frères, mais c'était notre vie.

Nous ne recevions pas d'amis à la maison. Seulement de la famille. Mon oncle Edmond, l'artiste de la famille, passait de temps en temps pour prendre de nos nouvelles. Il recherchait ma compagnie, car il taquinait la muse de la composition, et savait que je me passionnais pour la musique. Je représentais donc à ses yeux un interlocuteur légitime, c'est-à-dire un admirateur à l'avis autorisé. Il voulait que nous échangions de créateur à amateur éclairé, je le devinais à son ton théâtralement cordial et à son insistance collégiale. Mais au fond de ses yeux je lisais aussi la crainte d'être injustement évalué à l'aune écrasante des génies dont j'étais le visiteur familier.

À la manière de ces chats qui recherchent la compagnie des personnes qui les ignorent, mon oncle Edmond tournait autour de moi comme s'il voulait débusquer derrière mes sourires cordiaux la dédaigneuse réserve du contempteur. Flairant le danger, je m'évertuais donc à ménager son ego de sorte qu'il ne se sente jamais froissé, mais sans franchir la limite de la flatterie qui aurait signé un aveu de soumission que je répugnais à lui offrir. Ces non-dits aux enjeux lourds ne rendaient pas nos rapports naturels et créaient une tension.

Un jour que j'écoutais une symphonie de Haydn dans le salon, je le vis s'approcher d'un pas à la légèreté étudiée, affichant un sourire de connaisseur, et se pencher d'un mouvement d'Arlequin pour déchiffrer la pochette du disque avec les yeux exagérément plissés de celui qui vérifie une intuition, mais qui a étourdiment oublié ses lunettes. Il cherchait quelque chose d'intéressant à dire, quelque chose de complice qui marquerait sa suprématie. « Un peu léger ce Haydn », lâcha-t-il avec affectation tout en me jetant des regards en biais de fauve inquiet, craignant d'être contredit, mais voulant tout de même en avoir le cœur net.

J'acquiesçai d'un gloussement en signe d'urbanité respectueuse, mais, me reprochant aussitôt cette lâcheté, j'embrayai en prenant la défense du « père de la symphonie » sur un ton faussement plaintif, comme s'il était juste question de soutenir un génie sous-estimé avec plus de générosité. Peut-être qu'au fond de moi, j'eus l'impression que l'oncle Edmond se moquait de mon propre père ou qu'il voulait prendre sa place. Je retournai donc le disque qui ne tarda pas à délivrer, après les crachotements usuels du diamant en quête de stabilité dans le sillon encrassé, le début de l'autre symphonie. Dès les premières notes, le visage de mon oncle s'éclaira, il releva nerveusement la mèche qui tombait sur son large front et s'écria : « Ah, voilà de la vraie musique ! »

J'aurais dû lui laisser l'illusion de posséder un discernement à toute épreuve, ce qui m'aurait évité de lui rendre mes devoirs. Au lieu de ça, j'eus l'outrecuidance d'invalider le résultat de son expertise en lui démontrant la fragilité de son jugement. Je lui dis que la *Symphonie* « L'ours » (autant la nommer) appartenait au mode majeur, à la joie féroce et rayonnante, tandis que la *Symphonie* « La poule » relevait du mode mineur, tourmenté et d'une couleur plus dramatique, mais que les deux œuvres se hissaient aux mêmes cimes ; que seuls leurs *caractères* différaient. Je ne me rendis pas compte qu'en assimilant son appréciation à une bévue ordinaire, je l'humiliai. Je crois même que, grisé par la raison, ivre de rhétorique et oublieux de sa susceptibilité, j'osai une plaisanterie cruelle : « Ce serait bien le diable de considérer comme *mineure* une symphonie au seul titre qu'elle est écrite en majeur. »

Mon oncle ne sourit pas à ce misérable trait d'esprit et blêmit. Je vis ses yeux lancer des éclairs et craignis de recevoir une gifle qui ne vint pas, car il trouva fort heureusement la parade. Me toisant de toute sa hauteur, bien que je l'eusse déjà dépassé en taille, il me répondit sèchement en articulant chaque syllabe : « Pas du tout, je persiste et signe : la deuxième est plus *engagée.* » Il eut alors le sourire définitif des vrais créateurs à qui on ne la fait pas et qui savent distinguer un sentiment authentique des trucs de métier propres à abuser les dilettantes. De plus, dans sa bouche d'homme de progrès, jamais en retard d'un combat sociétal et toujours prompt à dénoncer l'élitisme bourgeois, « engagé » représentait la marche suprême, l'échelon le plus élevé de son intime hiérarchie.

Je sortis les nerfs en pelote de cette discussion qui n'était intellectuelle et sophistiquée qu'en apparence. Il ne s'agissait au fond que de domination et de pouvoir. Poussé par sa nature, mon oncle voulait me subordonner à lui. Poussé par la mienne, je résistai. La plupart des hommes d'éducation patriarcale, même les plus libéraux et les plus fins, ne se font pas prier pour arracher les ailes d'un agaçant moucheron qui volette en liberté, quand bien même le volatile illustre le viatique qu'ils se font fort de professer. Comme moi, ma mère a contrarié sa tendre nature sentimentale pour se défendre d'assauts suzerains et d'instincts de meutes.

Trop semblables pour nous comprendre, nous nous sommes souvent opposés.

Quand j'ai quitté le nid originel, maintes fois défait et reconstruit, l'amitié m'est apparue plus précieuse que les liens familiaux. Je n'ai pas coupé les ponts avec les miens, je me suis senti libre de toute obligation à leur égard.

Tout a changé après ce 13 novembre 2015. J'ai téléphoné à ma mère qui n'a pas semblé aussi enthousiaste que je l'aurais souhaité à l'idée de ce grand Noël provençal que je théâtralisais un brin. Ça m'a perturbé pendant plusieurs jours, alors finalement je le lui ai dit : « Tu es sûre que ça te fait plaisir que je vienne ? » Elle m'a répondu bien sûr, mais qu'elle n'était pas très douée pour les explosions de tendresse. « La pudeur, c'est un sentiment délicat et nuancé, un sentiment très fin et très joli », clame César dans la Trilogie de Pagnol. Très joli soit, mais certaines fois on a besoin d'un peu moins de subtilité dans l'expression des sentiments.

Comme ma mère dispose d'un lieu trop petit pour recevoir du monde, j'ai emprunté à un ami musicien son appartement à deux pas du Vieux-Port. Je pensais m'y replier pour dormir, et puis je me suis dit que ce serait plus amusant si nous passions Noël à Marseille. Comme personne ne serait chez soi, tout le monde y mettrait du sien sans qu'on se gêne et sans que ça coûte. Maman a toujours un peu de mal à quitter le confort de son lit, mais elle a fait un effort et s'est laissé porter par l'aventure.

Nous avons passé une semaine de rêve à évoquer le passé dans un cadre nouveau. Nous ne pouvions plus nous quitter. Voyages dans le temps, vous êtes les plus beaux. Tout ce qui d'ordinaire m'agace insensiblement chez ma mère s'est effacé. Peut-être n'était-elle plus agaçante, sortie de son antre maternel. Peut-être étais-je aussi moins tendu, moins soucieux de régler des comptes anciens. Mes tantes sont venues nous voir dans cet appartement et c'était comme autrefois, mieux qu'autrefois. Avec ma tante Mona qui a toujours l'air d'avoir quinze ans, nous sommes allés sur les îles du Frioul que nous avons explorées de long en large. Ma mère est très bonne marcheuse. J'ai hérité d'elle ce goût des longues balades par temps clair, plus Guermantes que Méséglise. Avec ma tante Mathilde, la conscience morale de la famille, nous avons mis le cap vers une calanque. Au bord d'une mer calme et miroitante, nous avons pique-niqué, en plein mois de décembre, la température étant clémente et les promeneurs peu nombreux.

Pour le réveillon de Noël, nous avons fait les courses dans la rue Saint-Michel, juste à côté de l'église de Notre-Dame-du-Mont où Chopin, rentrant de Majorque avec George Sand, joua de l'orgue à la mort de son ami le ténor Adolphe Nourrit. Chaque soir, nous avons cuisiné des plats délicieux et dégusté de bons vins charpentés de la région. Au bout de trois jours, maman n'ayant plus rien de propre, nous sommes rentrés chez elle pour qu'elle puisse se changer, puis, mystérieusement aimantés par le lieu de nos retrouvailles et de nos agapes, nous sommes revenus à Marseille pour continuer à vivre ce petit miracle familial.

Nous avons arpenté les rues de la ville avec bonheur. D'abord j'ai voulu que nous retournions ensemble à la Valmante, la résidence où mes frères et moi avons en partie grandi. C'est une barre d'immeubles de moyen standing en forme de banane qui a été bien entretenue avec le temps. Du 7e étage, nous avions vue lointaine sur la mer. Le dimanche, nous partions nous baigner à la plage de La Ciotat. Je me souviens que mon père faisait le pitre en conduisant la 2 CV près du ravin de la route montagneuse en lacets. Ma mère hurlait de frayeur et lui pinçait le bras, ce qui l'amusait encore plus, et nous, les trois minots excités par la vitesse, le vent et la chaleur, nous hurlions tout autant.

Ma mère m'a montré mon école qui m'est apparue plus banale que dans mon souvenir, mais elle-même n'était plus très sûre. « Ce qui est certain, c'est que tu as passé ton premier jour agrippé aux portemanteaux. » J'avais obstinément refusé d'entrer dans la salle de classe. Étudier à plusieurs, quelle horreur ! Quitter sa paisible tanière pour être parqué avec des compagnons de captivité bruyants et hargneux, quelle idée !

C'est dans ces baraquements hâtivement construits que j'avais appris la « Complainte du petit cheval blanc » de Paul Fort, poésie dont chaque mot résonne encore à mes oreilles. À cause du « mauvais temps », de « qu'il avait donc du courage » et surtout du fameux « éclair blanc » qui cause la mort du petit cheval. Quoi ? me demandai-je alors, on peut donc mourir tout seul un soir d'orage ? Au printemps. Et malgré tout son *courage* !

Cet éclair blanc m'est revenu en mémoire des années plus tard quand mon père est mort et que j'ai accompagné ma mère à l'enterrement. Au cimetière, elle portait un manteau écru qui se détachait tel un cygne chassant l'onde dans la nuit des vestons et des robes de crêpe. *Qu'elle avait donc du courage*, maman, d'afficher ainsi ses idées libertaires jusque dans un tel moment. Ce geste avait la valeur d'un manifeste politique et esthétique même si, plus tard, elle tenta de le minimiser : « Mais je n'avais que ça à me mettre. » Le manteau blanc marquait indubitablement une singularité, une originalité non négociable, un refus élégant de se plier aux conventions petites-bourgeoises. Peut-être s'imaginait-elle princesse en deuil d'un pays lointain.

Pour moi qui ignorais la subtilité de ces codes, ma mère incarnait à cet instant les deux faces opposées de la couleur choisie par Paul Fort dans ce poème qui m'avait tant ému enfant. Comme la longue maladie de mon père fut son calvaire et qu'elle ne cessa par la suite de se reprocher sa mort, ce choix vestimentaire, tout innocent qu'il fût à ses yeux, avait l'air de signifier qu'elle laissait le temps décider si elle était la victime ou le bourreau de l'histoire, attendant avec philosophie le jugement capricieux et changeant des années qui passent. Sous le soleil voilé de janvier, parmi les plaques lisses de marbre noir et les croix rouillées, on ne voyait que ses cheveux en désordre se détachant sur son aveuglante hermine d'infante au milieu de la foule des parents et des connaissances. Tous derrière et elle devant.

Après avoir revu mon ancienne école, nous avons escaladé la colline Saint-Joseph où nous allions jouer mes frères et moi. Peu à peu, maman s'est passionnée pour ce retour aux sources. Elle qui ne s'abandonne jamais à la nostalgie par crainte de réveiller de méchants fantômes s'est prise au jeu des souvenirs. À son tour, elle a voulu revoir le jardin de la colline Puget où elle me promenait chaque jour en poussette, entre le Vieux-Port et les hauteurs de Notre-Dame-de-la-Garde. Ensuite nous sommes montés tambour battant jusqu'à la basilique, comme Fanny quand le docteur Venelle lui apprend qu'elle est enceinte et qu'elle grimpe adresser une prière à la Sainte-Vierge. « Le docteur Venelle ? Il est gaga, le docteur Venelle, il a cent ans », lui rétorque Honorine de mauvaise foi, alors qu'elle vient juste de chanter les louanges du médecin de famille.

Nous avons fait un crochet par la maison du boulevard Bompard où mes grands-parents ont habité avec leurs dix enfants après leur retour du Maroc. Je me souviens très bien de cette maison dont le couloir tortueux et sombre qui descendait au jardin me faisait peur. Le dimanche, nous allions manger le couscous que ma grand-mère préparait comme personne. Elle avait le génie de cuisiner bon et sain pour pas cher. Mon grand-père m'avait emmené voir un film de Laurel et Hardy au cinéma de quartier où l'on pouvait encore fumer à l'époque.

Nous avons fait le tour de la maison pour tenter d'apercevoir les arbres du petit jardin en sautant comme des gamins. Ma mère s'est mise à rire : c'est là qu'elle avait embrassé un garçon pour la première fois, dans un coin de ce chemin qui descend vers la mer.

Ma tante Mona nous a mitonné une bouillabaisse mémorable. J'ai trouvé des poissons de roche pour la soupe sur le marché du Vieux-Port, et puis de la rascasse, une belle galinette, des vives, du saint-pierre. J'ai rapporté de chez Toinou, dont l'étal sur la Canebière est fameux, des petits violets au goût puissamment iodé que nous avons grignotés à l'apéritif. Et puis un plateau de fromages choisis dans la fromagerie très courue de la rue Saint-Michel, des bouquets de chicorée amère achetés chez l'excellent Arabe en face, avec une vinaigrette parfumée de purée d'ail provenant du célèbre Arménien pas loin. Et le tout arrosé d'un cassis bien frais sur le conseil du sympathique vendeur de La Cave à Gustave.

Nous n'avions pas envie de nous informer, de nous distraire, de nous arracher à nous-mêmes, non, le simple fait d'être ensemble, de marcher, de parler et de rire nous suffisait amplement et nous emplissait l'âme comme le vent chaud gonfle les voiles des vaillants conquistadors.

Le lendemain, nous avons poussé jusqu'au parc Borély. À chaque fois, j'essayais de faire remonter mes souvenirs à la surface. Mais ceux de Marcel Pagnol, voire ceux de Marcel Proust avec Gilberte aux Champs-Élysées, se surajoutaient aux miens et avaient pris possession du peu qu'il me restait de mon enfance.

Au moment de partir, car il faut bien que tout cesse un jour, ma mère a dit qu'elle avait passé l'un des plus beaux moments de sa vie. Ça m'a fait un coup au cœur. Et dire qu'il s'en est fallu d'un cheveu que j'annule tout parce qu'il me semblait que cela ne lui faisait pas assez plaisir.

Quand je repense à ces jours heureux, je regrette de n'avoir pas pris de notes, comme j'en ai pris tout au long de la maladie de Margot. Il ne nous reste qu'un souvenir ébloui avec quelques détails touristiques, mais tout ce qui en constituait le cours, le contenu de nos échanges, la raison de nos fous rires, tout a disparu. Et si nous refaisions les mêmes plats, avec les mêmes ingrédients, et que nous rejouions la scène de ce tourbillon éphémère, jamais nous ne retrouverions le goût de ces mets succulents que nous partageâmes goulûment.

À croire que seul le malheur trouve refuge dans les méandres du passé et s'enroule dans les herbes folles de notre histoire, tandis que le bonheur se perd dans un océan d'oubli d'où ne surnagent que des impressions vagues, comme des bouteilles jetées à la mer, ballottées par les flots, indifférentes à l'idée de trouver ou non un destinataire.

J'étais à Ispahan qu'on nomme la Moitié du Monde, sillonnant un pays encore situé dans « l'axe du Mal » par une partie de l'Occident, lorsque M *m'est apparu et s'est imposé à moi.*

C'est une lettre mystique qui invite à la méditation et au pardon. Le Messie des chrétiens n'a-t-il pas sauvé une certaine Marie-Madeleine de la lapidation ? On dit même qu'elle était tout proche du Christ dont la mère s'appelle Marie, mère de l'humanité que nous prions « maintenant et à l'heure de notre mort ». Et où Bernadette

Soubirous a-t-elle vu Marie ? Dans la grotte de Massabielle, lieu du miracle.

M *est l'initiale de Moïse et de Mahomet. Du Messie, on l'a dit. De la mosquée, du minaret, du muezzin, du mollah, du marabout, du ma'âd (l'au-delà), de la messe aussi, ne l'oublions pas. Pour les bouddhistes et les hindouistes, tout commence avec Om, syllabe magique qui structure l'univers, source et substance du monde.*

Et Abraham ! Il est le premier donc A, *logique, mais la dernière impression, ce qui reste en bouche, c'est* m. *Comme dans Bethléem.* M *adoucit l'islam, règle le pas du moine, centre le chamane, murmure au cœur de l'âme.*

Même en Iran, tout me ramenait à M. *Pour les chiites, le Messie est le douzième imam après le prophète Mahomet et il s'est appelé... Mehdi. En comptant Mahomet, Mehdi est le treizième. Or* M *est la treizième lettre de l'alphabet. Et pour moi tout est parti de Marseille. Or Marseille est dans le département des Bouches-du-Rhône : 13 !*

On dit parfois que la musique de Mozart soigne et guérit. Qu'il devrait être remboursé par la Sécurité sociale dont les matricules ont, mais oui, treize chiffres.

C'est difficile à croire, j'en conviens, mais si Mozart s'était appelé... Focard, sa musique n'aurait pas été aussi parfaite. Et si Margot n'avait pas porté un prénom si proche de celui de ma grand-mère chérie, l'aurais-je autant aimée ?

Margot

« Tu as le visage grave et amical
de ceux qui ne vivront pas longtemps. »

Pelléas et Mélisande, Debussy/Maeterlinck

Yohan me dit : « Elle a maigri. » C'est vrai, j'ai remarqué sa colonne vertébrale saillante depuis deux ou trois jours. Sans m'inquiéter outre mesure puisque tout a l'air à peu près comme d'habitude. Les chats ont horreur qu'on les plaigne. Nos jérémiades, nos yeux rougis les horripilent. Pour qu'on leur fiche la paix, ils s'évertuent à faire en sorte que leurs maladies ou leurs chagrins demeurent secrets. Peut-être parce que ces animaux qui résistent à tout, même à une piqûre de scorpion, savent qu'au premier signe de faiblesse la fin est souvent proche. En attendant, ils donnent le change et font comme si. Dignes et souverains jusqu'au bout. À croire que c'est de honte qu'ils finissent par mourir. Honte de perdre leur indépendance sacrée, honte de n'être plus les animaux les plus propres de la création lorsque l'infection a finalement raison de leur hygiène proverbiale. C'est dans leur corps que Dieu a placé toute la souplesse du monde au moment de la Création, de sorte qu'il ne restait plus que l'acier pour sculpter leur morale. Par conséquent, jamais les chats ne transigeront avec le maintien et la sévère étiquette de leur noble race.

Je la cherche. Margot a le génie du camouflage. Petite et noire, on ne sait jamais où elle se cache. Elle a ses coins favoris comme tous les chats mais aussi ses retraites improvisées, ses lubies géographiques. Généralement elle surgit revêche après qu'on l'a appelée une dizaine de fois, comme pour dire avec irritation : « Oui, j'arrive, en voilà une histoire ! » Ou alors, fine mouche, elle sort juste à temps de son repaire pour préserver son intimité. Mais là, pas de Margot. Après avoir inspecté minutieusement toutes les chambres, sous les lits, dans les tiroirs des commodes, derrière les rideaux, je me risque à fouiller un dressing qui nous sert aussi de débarras. Elle est là, couchée, l'œil fixe et absent, dans un carton de vieux vêtements. Je la prends dans mes bras. Pourquoi n'ai-je pas réagi plus tôt à son apathie ? Elle est si légère et si faible. À l'évidence, elle ne mange plus depuis plusieurs jours, mais avec trois chats à la maison dont cette morfale de Sophie, comment savoir, quand les gamelles sont toujours vides ?

Alors que la raison me commande de courir chez le vétérinaire, une voix me suggère d'attendre. C'est peut-être juste une petite déprime. Quelle est cette force absurde qui nous pousse à nier l'évidence, comme si reculer le moment d'agir allait nous donner une chance d'échapper à l'inéluctable ? À moins que ce ne soit la manifestation fugitive d'une vraie sagesse précédant le déferlement irrépressible d'actions inutiles, de même que l'état de dépression recouvre, et c'est bien là sa force terrible, l'expression d'une lucidité enfin débarrassée des velléités risibles et des vaines illusions.

Yohan est comme moi. Souvent dans les couples (au sens général, car nous n'en formons pas un), les rôles se partagent entre celui qui s'inquiète et celui qui rassure. L'un se veut rassurant (alors qu'il est tout aussi inquiet) parce que l'autre extériorise son angoisse. Chacun exacerbe son sentiment mais pourrait tout aussi bien défendre le point de vue opposé. On ne dit pas ce qu'on pense, on émet l'argument inverse par automatisme, pour rétablir un équilibre fictif qui remplace l'action. Mais Yohan est aussi inerte que moi. Nous sommes intérieurement pétrifiés.

Le lendemain, à 16 heures, mû par je ne sais quelle impulsion pour rompre l'enlisement progressif du déni, je téléphone au vétérinaire. Le numéro n'a pas changé, mais le nom me semble différent. Depuis combien de temps n'ai-je pas appelé ? Dix ans peut-être. L'ancien a dû prendre sa retraite. Une jeune fille me répond d'une voix fraîche après quelques secondes d'attente musicale. J'expose sobrement les symptômes. Elle me conseille de venir immédiatement. J'ai eu raison de m'inquiéter.

Mais l'on m'attend pour 18 heures à la radio, et j'ai l'habitude d'y aller à pied, car une petite heure de marche me fait le plus grand bien. Ça ne peut pas attendre demain matin ? La force du déni, sournoisement, tente de reprendre le non-contrôle de la situation. Je suis comme ce malheureux condamné que les trois Parques viennent chercher pour le conduire aux Enfers et qui mégote sa reddition, prétextant une course de la plus haute importance. La jeune fille tient bon : il vaudrait mieux venir tout de suite. J'ai compris. C'est grave. Inutile de lutter. « Et puis demain, le docteur est pris toute la journée. » Une lueur d'espoir s'allume faiblement. C'est peut-être moins l'état de santé de Margot qui implique l'urgence du déplacement que l'agenda du vétérinaire qui vient de se délester d'un rendez-vous annulé à la dernière minute.

Yohan joue sur son ordinateur. Je lui demande s'il ne peut pas s'en charger. Non il ne peut pas. Il n'a pas les mêmes informations que moi. Sa peur névrotique des médecins (c'est un forcené de l'automédication par Internet) s'étend visiblement aux vétérinaires. J'insiste. Il freine des quatre fers. J'explose.

Je peux enfin m'en prendre à quelqu'un. Transformer l'inquiétude qui me tenaille en colère, donc en action exutoire. La rage me donne l'énergie de retrouver le sac de transport pour chats, d'y faire délicatement mais fermement entrer Margot et de marcher vers la vérité.

Dans la salle d'attente, une dame patiente avec un petit chien frisotté. Sur le chemin, Margot a miaulé à fendre l'âme comme si elle avait compris que l'aveuglante certitude allait brutalement remplacer le flou apaisant du doute. Elle hurle : « Ne peut-on pas me laisser crever en paix chez moi ? » On dit que les animaux n'ont pas la conscience de la mort. Qu'en sait-on ? Peut-être est-elle biologiquement préparée à ce moment, par instinct. Nous autres humains, nous avons besoin de Montaigne, de Bossuet, des philosophes, de Dieu, des mensonges du médecin, des huiles du prêtre, de cérémonial et de rituels. Les animaux ont juste soif de calme et de routine. Mais que raconté-je ? Margot ne va pas mourir. Elle est simplement malade.

Un souvenir me revient. Un jour, ma tante Mado est venue m'attendre à la sortie du collège.

D'habitude, c'était toujours ma mère qui venait me chercher le samedi midi après les cours. Ma tante avait le teint pâle, les traits marqués par une nuit courte, le cheveu épais et terne, signe d'une toilette indifférente et d'un métabolisme régi par les nerfs. Nous avons échangé de ces banalités pas si banales au fond. Nous nous en rendrions compte s'il nous était possible d'entendre, en surimpression des mots factices que nous échangeons, ceux qui agitent véritablement nos pensées. La voix de ma tante tremblait légèrement. Elle faisait de grands efforts pour contrôler ce tremblement, tirant un peu plus sur ses nerfs. Le raclement régulier de sa gorge tendue alternait avec les ratés du moteur de la voiture, créant un effet d'écho digne d'un film burlesque. Ses yeux regardaient fixement la route. Elle m'interrogeait de façon mécanique et n'écoutait pas mes réponses, qui n'étaient pas des réponses, juste des répliques laconiques que ma bouche débitait de sorte à maintenir les apparences d'une conversation naturelle. Sauf que la situation sortait de l'ordinaire et qu'une conversation normale avec ma tante aurait été entrecoupée de rires, d'hésitations, de rythmes asymétriques. Tout sauf ces phrases neutres et calibrées qui ressemblaient au dialogue insignifiant auquel se livrent deux espions se sachant sur la sellette dans un habitacle truffé de micros.

Et puis, alors que nous arrivions devant la maison, garant la voiture et respirant profondément, ma tante Mado me dit : « Tu… ne devines pas… ce qui se passe ? » Mon père était hospitalisé pour un cancer généralisé, ma mère jouait à l'homme invisible, ma tante la plus rigolote ressemblait au cadavre de Boris Karloff, évidemment que je me doutais de quelque chose. Mais j'avais treize ans, ce n'était pas à moi de faciliter la vie des adultes. J'ai dit non d'un ton évasif. Déglutissant avec difficulté, elle lâcha dans un trémolo trahissant son désarroi extrême : « C'est ton père… » Silence. Et moi, comme si j'avais finalement décidé de lui tendre une main secourable tandis qu'elle s'enfonçait dans des sables mouvants et que son agitation accélérait l'enlisement : « Il est malade ? » Ce qui, soit dit en passant et avec la distance, constitue une perle d'humour noir puisque mon père était déjà très malade depuis plusieurs années. Comme si, découvrant un village englouti sous les flots, on s'enquérait auprès d'un rescapé de détails sur la saison des pluies.

Et ma tante Mado, exténuée, secouée de sanglots, puisant dans ses ultimes réserves pour parler distinctement à travers les larmes : « Non… il est… mort. » J'avais besoin de l'entendre. Ce n'était pas de la cruauté mentale envers ma pauvre tante à qui cette corvée était échue. Seulement, rien n'était réel tant que les mots n'avaient pas été prononcés.

Ainsi mon père était mort. Aussi curieux que ça paraisse, mais peut-être est-ce un peu ça devenir acteur ou écrivain (car je me suis rêvé les deux), mon être sensible s'est vu éprouver un chagrin que je n'éprouvais pas tout à fait. J'étais ému par l'image tragique qui s'emparait de moi, j'ai senti le souffle de la mort avec l'ivresse de la grandeur qu'il me conférait soudain : j'avais un destin. Enfin ! Je rêvais de jouer mon rôle et d'en écrire les dialogues. Ce que je fis durant des années. Mais l'on se croit lucide et plus fort que la destinée, quand l'esprit se contente d'échappatoires trompeuses. Le cynisme a l'avantage d'offrir un crédit à débit différé contre la douleur. Sauf que l'addition finit par nous être présentée un jour, gonflée d'intérêts et de pénalités de retard, à l'occasion par exemple de la mort d'un animal.

Retournons dans la salle d'attente de la clinique vétérinaire de mon quartier. On prévient la dame au petit chien que c'est son tour. Devinant à mon air tendu que l'heure est grave, elle propose aimablement de me céder sa place. Par une sorte d'orgueil mal placé, refusant la pitié de la dame ou m'obligeant à relativiser les événements, je lui fais signe que je peux attendre. Elle glousse et prévient que ce ne sera pas long : « Je suis sûre que je m'inquiète pour rien », en se dandinant devant le vétérinaire venu en personne pour l'accueillir. Nouveau gloussement, bruits de laisse, d'étoffe, de carrelage griffé et jappement strident. Quinze longues minutes plus tard, c'est mon tour. La dame sort en pouffant, sa bestiole n'a rien du tout. Je me dis qu'étrangler son cou laiteux ne servirait qu'à défier la miséricorde céleste, or ce n'est pas le moment de se mettre la moindre divinité à dos.

Le vétérinaire a l'air gentil. Il aime forcément les chats puisque j'ai croisé dans le couloir un spécimen bien nourri et pas farouche. Il me demande l'âge de Margot. Je fouille dans mes souvenirs. Il me répond : huit ans et demi en lisant sur l'écran de son ordinateur. Ils ont donc conservé trace de ses vaccinations. Rassurante organisation. Il palpe l'animal et prend l'air préoccupé : la peau est jaune, regardez, l'œil est desséché, la *pauvrette* est complètement déshydratée.

Il ponctionne du sang dans sa jugulaire en la couchant sur le côté. Margot se laisse faire, épuisée ou résignée. Il en prélève très peu, m'explique-t-il, pour ne pas la fatiguer davantage. Le liquide est sombre, trop sombre. Il place la fiole dans un appareil dont l'acquisition semble le remplir de fierté : « Nous aurons les résultats dans six minutes. » Quoi ? Nous, les assurés sociaux, devons patienter quelques jours alors que le sort d'un chat est scellé en six minutes ! Comme je lui en fais la remarque, le vétérinaire me révèle que le temps d'attente est plus important chez les humains parce que la règlementation oblige les laboratoires à multiplier les vérifications jusqu'à obtenir une moyenne. Plus rapide pour l'animal, mais moins fiable alors. Rien n'est parfait, comme dirait le renard au Petit Prince quand il apprend qu'il n'y a pas de chasseurs sur sa planète, mais qu'il n'y a pas de poules non plus. « Et puis tout est sous-traité de nos jours, soupire le vétérinaire. Ce qui prend du temps, c'est l'éparpillement des tâches. » Alors rien n'empêcherait un médecin généraliste d'avoir ce type d'appareil dans son cabinet pour qu'on sache plus tôt à quoi s'en tenir ? Le vétérinaire sourit, rien ne s'y opposerait, effectivement.

Le pianiste Samson François avait donc raison de fuir les médecins et de n'accorder sa confiance qu'au diagnostic d'un ami vétérinaire. Le mien est mélomane et rit franchement de ma remarque. La discussion a fait passer le temps plus vite, les résultats sont prêts. L'homme en blouse blanche fait la grimace. Ce n'est pas bon. Les transaminases sont dix fois trop élevées. Le voilà qui m'assomme de chiffres qui semblent le galvaniser. Comme si l'abstraction de la précision biologique nous maintenait à distance du chaos émotionnel. L'homme de science me suggère une échographie tandis que l'empathique ami des bêtes reste silencieux. Dans les yeux de ces deux êtres occupant le même corps, tantôt disjoints ou réunis selon l'heure, je ne lis pas la possibilité d'une guérison miracle, mais plutôt la confirmation d'un triste présage.

Je décide malgré tout de miser sur la folle espérance qui fait reculer l'ultime visiteuse d'un tout petit pas. Comme ce joueur de baccara qui, au lieu d'admettre que la chance n'est pas de son côté, continue de jeter sur la table un chèque en bois, un jeton retrouvé dans une poche, une montre en or, et retarde ainsi le moment de rentrer annoncer à ses proches qu'il a tout perdu. Margot se laisse faire avec une émouvante docilité, conservant toute la distinction de son espèce. Sur le côté ou sur le dos, elle subit souveraine les positions inconfortables, les examens dont elle ne peut saisir l'intérêt, sans jamais sortir les griffes, sans même rouler des yeux interrogateurs ou effrayés.

Tout en promenant un appareil sur son ventre, le vétérinaire me fait une leçon d'anatomie. Il est de la nouvelle école, de celle qui explique, détaille et dit tout. Pas de l'ancienne qui nous parlait de la pluie et du beau temps, nous certifiait d'un ton rigolard qu'on allait vivre cent ans, tout en faisant discrètement signe à la famille que c'était foutu. Il m'explique que la rate se dilate, que le foie n'est pas droit, comme dans la chanson, sauf que je ne distingue sur l'écran que des formes mouvantes, des ensembles abstraits et flous. Le rein droit est beaucoup plus gros que le gauche, dit-il… Il y a une tache que je n'aime pas sur le foie… Et le tube digestif est entouré de ganglions. Je coupe court à ce qui m'apparaît comme une manifestation de fascination morbide, car notre médicâtre seringueur ressemble soudain à Néron énumérant de sa fenêtre différents quartiers de Rome en proie aux flammes, ou au prêtre en chaire déclamant la litanie des saints martyrs avec une théâtrale extase. Il a l'air déçu d'être contraint à la concision, la mesquine, l'étroite sobriété médicale dénuée de tout lyrisme artistique. Il conclut, presque boudeur : c'est un lymphome.

Ça ne sonne pas comme une maladie incurable. Autrefois oui. Mon père est mort de ce cancer des ganglions qu'on soigne bien aujourd'hui et dont le professeur Jean-Marie A. que je me flatte de connaître est l'un des spécialistes mondiaux. Je le cite à propos, non pour rapetisser son modeste cabinet à l'ombre des ors de l'Université, mais pour lui indiquer que les dieux sont peut-être avec nous. Il semble peu impressionné par les noms, fussent-ils d'augustes confrères, et me propose plutôt un scanner. Comme ça, nous serons fixés.

Il n'ose pas m'influencer, la décision m'appartient, mais je le sens désireux d'en savoir plus. Pas forcément pour me pousser à la dépense. Il n'a pas l'air d'un maniaque salivant à l'idée de multiplier les examens coûteux et inutiles. C'est un savant engagé qui trop souvent se résigne à baisser pavillon devant la mort. Là il se verrait bien le Richard Wagner sauvant mon cygne blessé d'une mélodie sublime si je voulais bien être son Louis II de Bavière finançant ses riches accords. Peut-être que, d'expérience et d'instinct, il sent que j'irai jusqu'au bout, or sa vocation, jamais éteinte, toujours vibrante, lui enjoint de défendre la vie partout où elle est menacée. Mon amour pour Margot et sa foi d'Hippocrate vont, s'unissant comme deux névroses éprises l'une de l'autre, nous permettre de sauver le monde.

Je me renseigne quand même sur le prix : 300 €. Pour guider l'humanité vers la lumière et ranimer l'espoir sur Terre, c'est bien peu. Puis, comme le concessionnaire qui vient de conclure une fragile promesse de vente prévient soudain l'acheteur qu'il doit vérifier s'il lui reste un modèle en stock, transformant habilement un client indécis en demandeur fébrile, il décroche son téléphone et marmonne « j'espère qu'ils ont de la place », tout en jouant nerveusement avec le fil torsadé.

Oubliée l'hésitation de principe qui tend à évaluer si *ça en vaut la peine*, je prie maintenant pour « qu'ils aient de la place », m'accrochant à cet espoir comme à la manifestation d'un premier signe du destin en notre faveur. Devinant mes inquiétudes qu'il a lui-même allumées, il se veut rassurant : j'ai déjà eu affaire à « eux », « ils » savent que je ne m'emballe pas pour un oui ou pour un non. Donc mon cas est sérieux. Ce n'est pas frivole de vouloir sauver Margot, c'est un cas important qui sera reconnu comme tel au-delà de ces murs, dans une clinique plus prestigieuse, très demandée, et où par bonheur nous disposerons d'un coupe-file, grâce à la bonne renommée de mon praticien et à la finesse de son diagnostic.

Rapide échange, secondes précieuses et heureux dénouement : demain 9 heures ? C'est une information et une question à la fois, oui je serai libre, oui nous réservons le créneau. Paupières closes d'ami, mâchoire carrée de professionnel : demain 9 heures ! Une fois la communication terminée et le combiné reposé, le vétérinaire m'explique qu'il y aura deux scanners, l'un à l'abdomen, l'autre au thorax. Il faudra endormir l'animal. Impossible en effet de dire à un chat : ne bougez pas, ne respirez plus ! C'est une bonne décision. Nous restons dans l'action, repoussant l'heure de l'acceptation devant les puissances obscures.

En voyant le vétérinaire taper ses conclusions sur le clavier de son ordinateur, les larmes traîtreusement me montent aux yeux. Ne pas pleurer. Tenir. Me ressaisir pendant que ses doigts martèlent sèchement les touches. Ne pas avoir la voix qui tremble comme ma tante Mado s'il m'interroge. Au contraire, l'impressionner par mon sens des responsabilités, ma sobre et virile attitude. Être Jean Gabin, pas

Albin, John-Wayne-le-cow-boy, pas Delphine Seyrig. Nous nous sommes tout dit. Son regard croise le mien dans une ferme poignée de main. Il comprend, il en a vu d'autres. Je paie ses honoraires (280 €) à la jeune fille de l'entrée qui a un œil qui larmoie et l'autre qui surveille l'envoi des instructions au terminal bancaire.

Dans la rue, je serre Margot sur mon cœur et je lutte encore contre les pleurs qui bouillonnent d'impatience. Je la pose sur mon lit et ne dis rien à Yohan dont la porte de chambre reste fermée. Ça lui apprendra à être aussi lâche. Je file vers la radio en métro. À 17 h 20, je m'engouffre dans la dernière voiture, bondée comme les autres. La rame reste à quai. Problème sur la ligne, grésillements de l'annonce, excuses « pour la gêne occasionnée ». Je respire quand le signal retentit enfin. Dans la cohue de Saint-Lazare, je maudis l'égoïsme de la race humaine : j'ai un direct dans dix minutes, mon chat est à l'article de la mort et tout le monde s'en fiche. Personne ne s'écarte pour me laisser passer dans un léger mouvement d'inclinaison amicale, un sourire réconfortant aux lèvres.

Pendant l'émission, je suis parfaitement concentré, passionné par mon invité, je me surprends même à rire franchement. Suis-je à ce point insensible ou bien un fil mystérieux relie-t-il les émotions apparemment contraires en une chaîne solidaire ? Le cœur n'est donc pas comme une bouteille qui, une fois pleine, rejette dans l'évier l'eau qui coule du robinet. Cette pensée me rassure : je ne suis donc pas un monstre, même si ma faculté d'adaptation et d'oubli ne laisse pas que de m'étonner.

Après l'émission, je rentre directement et file dans ma chambre où Margot m'attend, stoïque, épuisée. J'entends la porte de la chambre de Yohan qui s'ouvre. La curiosité est si forte qu'il prend le risque d'une rebuffade. Alors ? me demande-t-il. Je ne me retiens plus, j'éclate en sanglots et lui dis qu'elle va mourir. Il pleure avec moi en me donnant des tapes dans le dos comme si j'avais avalé les arêtes d'une pleine assiette de rougets barbets. Il le redoutait, il s'y attendait lui aussi. Sinon la surprise, les questions, le silence auraient succédé à mes pleurs. Je lui raconte la visite chez le vétérinaire. La perspective du scanner le rassure. J'aperçois le reflet de mon espoir dérisoire dans son éternel optimisme de garçon scout et m'en agace intérieurement, mais je décide pour une fois de bâillonner mon pessimisme toujours en éveil. Je reste seul avec Margot. La vue de son petit corps sans défense brouille à nouveau mon regard.

Les musiciens ont joué sans arrêt de la correspondance entre les lettres et les sons. Bach le premier. Bach dont la somme des lettres fait 14, donc N*, la quatorzième lettre de l'alphabet. Dans le solfège allemand : A = la ; B = si ; C = do… À ce jeu,* N *= la, note autour de quoi tout s'accorde et se rassemble. Bach est donc bien à la pierre angulaire de son art.*

M *est voisine de* N*, oui vous avez bien lu :* Aime *est voisine de* Haine*. Les secrets de la vie sont tapis sous le solfège de la langue. Dans le mot « dilemme », on voit deux* m *mais on entend souvent* m *et* n *quand il est trop cruel.*

À l'intérieur des mots, M *occupe une place spéciale. On l'entend dans « âme », « ami », « amant ». Et que dire du charme !*

Comme l'a écrit Francis Cabrel dans son étonnante chanson « Ami à jamais » : « Ami c'est dans aimer [...] Ce n'est pas dans amour/ Mais ça pourrait/Ce n'est pas dans toujours/Mais ça devrait. »

M ouvre et ferme le mot médium comme s'il voulait nous montrer le chemin sans nous lâcher la main.

On retrouve M *dans les trois éléments fondamentaux de la musique : mélodie, harmonie et rythme. Et même dans le timbre, de façon tamisée. C'est la seule consonne à jouir de ce privilège ; je relis le mot « consonne » juste au moment où, par la fenêtre ouverte de mon bureau, j'entends, je vous le jure, la cloche qu'on sonne.*

Le lendemain, je saute dans un taxi vers la clinique miracle. Le chauffeur me raconte la gorge serrée que depuis la mort de son chat, il ne peut plus, fini, c'est trop dur, tant pis. À croire que tout le monde a des histoires d'animaux qui font pleurer. J'arrive à 9 heures pile. Le radiologue spécialisé en imagerie magnétique est si chaleureux et sympathique qu'un flot de lumière dissout la grisaille de mon humeur. Sa bonne bouille et son ton jovial semblent avoir un effet positif sur le moral de Margot également. Ils vont profiter du cathéter de l'anesthésie pour la réhydrater, et la nourrir aussi par voie intraveineuse, histoire de relancer la machine. Ça paraît tellement simple. Oui, on va *relancer la machine*, on rentrera à la maison et on oubliera tous ces tracas. Et peut-être même que bientôt on en rira très fort. Je comprends que le vétérinaire m'a reconnu quand il m'interroge sur le choix de mes invités. Généralement, je n'aime pas que les médecins s'intéressent plus à ce que je fais qu'à ce dont je souffre. J'ai toujours l'impression que ça leur offre une distraction qui va fausser leur diagnostic. Comme si rencontrer un journaliste leur donnait l'illusion flatteuse d'être interviewés, tandis que mes petits bobos leur arrachent des bâillements d'ennui.

À 13 heures, le vétérinaire m'appelle. Le scanner semble confirmer le diagnostic de son confrère. C'est bien un lymphome, première cause de mortalité chez le chat. Problème : la température rectale est descendue à 35°. Margot ne se réveille pas. Un soignant est en permanence avec elle pour la réchauffer sous couveuse et tenter de la ranimer. Y a-t-il une possibilité qu'elle ne se réveille pas ? Oui, mais normalement dans trois heures nous en saurons davantage. Je me fais à l'idée que c'est la fin. C'est toujours ma manière de dompter le stress, d'imaginer le pire.

À 16 h 30, je reconnais le numéro de la clinique sur l'écran de mon téléphone cellulaire. « Margot va bien. » Il l'appelle par son prénom. Une partie de moi est touchée, l'autre un peu surprise par cette marque de familiarité subite où je ne peux m'empêcher de flairer l'insincérité commerciale. Mais c'est sans doute plus pratique pour eux, et puis ils viennent de la sauver, c'est normal, me dis-je. Même si j'ai paradoxalement l'impression d'avoir été manipulé par un excès de transparence. Et d'avoir été la proie d'un scénariste imaginatif trouvant un rebondissement dans l'intrigue destiné à faire tenir le téléspectateur jusqu'à l'écran publicitaire.

Mais peut-être me suis-je tellement préparé à l'idée qu'elle allait mourir, comme si anticiper la souffrance empêchait de souffrir, que je suis surpris qu'elle en ait réchappé. Allez, accepte d'être heureux, une fois dans ta vie, ça ne te rendra pas plus faible pour autant.

À croire qu'il a perçu mes réticences, le vétérinaire appelle maintenant mon chat « le patient ». Il s'agit de me proposer d'effectuer d'autres examens. Peut-être se range-t-il à cette neutralité pour ne pas influencer mon jugement. Il n'empêche que « le patient », c'est comique pour un chat. On sent la traduction de manuels américains où la médecine et le commerce s'entremêlent sans l'altière pudeur de vieux continent catholique, et où chaque mot a été pesé par une armada d'avocats pour se prémunir de toute ambiguïté qui pourrait donner lieu à une action en justice.

Afin d'être vraiment sûr, il faudrait prélever un bout de ganglion du *patient* et quelques cellules de son foie. Envoyer le tout par Chronopost à Lyon où se trouve le meilleur laboratoire et, en milieu de semaine prochaine, nous en aurons le cœur net. Il y a donc une chance de la sauver ? bredouillé-je. « Tout dépendra des résultats. Il faudrait connaître le foyer du lymphome, même si de fortes présomptions pèsent pour un lymphome digestif. Savoir si le foie n'est pas déjà métastasé. Ensuite on pourra opter pour une chimiothérapie agressive ou un traitement plus doux. »

Je me souviens de mon amie Françoise apprenant l'existence de son lymphome. Je lui avais donné les coordonnées du professeur A. qu'elle avait joint entre deux consultations. Alors qu'elle ne jure que par l'homéopathie et les médecines douces, le lourd protocole qu'il lui avait suggéré, au vu de ses résultats, l'avait horrifiée : « Ton ami est une caricature d'allopathe », m'avait-elle lancé d'un ton ulcéré comme si Adolf Eichmann l'avait entretenue en personne de la solution finale.

Elle a opté pour une thérapie moins radicale qui a généré des complications et une rechute, mais sait-on jamais si une autre solution aurait été meilleure ou pire ? Quand elle a su pour Margot, elle m'a régulièrement demandé de ses nouvelles, ne me faisant jamais sentir que les animaux et les humains, ce n'est tout de même pas la même chose.

Aura-t-elle les poils qui tombent ? Je pose cette question qui peut paraître secondaire au médecin. Il sourit. Non, les animaux ne perdent pas leurs poils, ce qui en l'occurrence les distingue des humains. Je suis requinqué par la perspective de rémission qui semble bien engagée. Et émerveillé aussi par les progrès de la science qui incluent nos amis à quatre pattes. L'addition est quand même salée. 580 €, à quoi s'ajoute un chèque de 92 € à glisser dans le Chronopost pour le laboratoire.

La nuit se passe bien. Margot semble avoir adopté la docilité sans faille des grands malades qui se préparent avec détermination à l'un des grands combats de leur vie. Elle ronronne d'une voix éraillée, probablement à cause du tube qui lui a irrité l'œsophage. Elle a retrouvé ses repères si j'en crois la quiétude de son regard, mais ne mange toujours rien. Le lendemain, retour chez mon vétérinaire de quartier dès potron-minet, c'est le cas de le dire. Margot y a été perfusée toute la matinée pour lui faire reprendre des forces. Je vais lui donner un cachet par jour pour stimuler le foie qui doit reprendre son rôle de filtre des *humeurs*, comme on disait au temps de Molière.

Margot ne veut plus dormir avec moi. Elle préfère le radiateur à mon bras gauche qui a été son refuge durant près de neuf ans. Elle regagne mon lit quand je n'y suis plus, ce qui est blessant. Je fais un drôle de rêve. J'emmène Margot chez le vétérinaire. Elle est une sorte de serpent dans un bocal plein d'un liquide où surnagent des morceaux de carotte, de chou-fleur et autres variantes vinaigrées. Je me demande comment elle fait pour respirer et j'en perds le souffle.

Chaque matin, Margot m'attend sur mon bureau. Allez, au boulot, me disent ses yeux courroucés. Si je lui parle, elle plisse les yeux et fait mine de ne pas m'écouter, sans dissimuler un léger agacement. Elle me fait penser à la rose du Petit Prince. Dans l'après-midi, elle ne se glisse plus sous ma couette comme elle en avait l'habitude. Son instinct la prévient sans doute qu'elle est devenue trop maigre et trop frêle : je risquerais de l'écraser en m'allongeant pour lire. Le soir, elle dort un peu dans mes bras, histoire de respecter la tradition, mais au bout d'un moment elle va s'installer par terre près du lit. Si je me lève dans la nuit, je dois marcher tout doucement et prendre garde de ne pas l'écraser. Noire, dans l'obscurité, elle n'est pas consciente du danger. Peut-être me croit-elle nyctalope comme elle.

Son corps est chaque jour plus maigre. Elle me fait penser à maman pour qui la moindre rondeur s'apparente à une défaite morale qu'elle s'interdit. Sa colonne vertébrale est saillante, ses flancs creusés, sa queue incroyablement mince. Son petit corps fragile a subi deux épilations, l'une sur le ventre à cause du scanner, l'autre sur la patte avant droite pour faciliter la perfusion. Son indifférence aux traitements qui minent sa beauté, aux dégradations qui révèlent une peau d'albâtre jurant avec l'ébène de sa robe, ainsi que son port de tête aristocratique en dépit de la fatigue m'arrachent des larmes d'admiration.

En contemplant Margot, un souvenir me revient. Ma mère tondait le gazon devant notre pavillon d'un quartier de Cholet. Comme un bout de ficelle bloquait l'hélice, elle tenta de l'enlever sans prendre la précaution de débrancher la tondeuse au préalable. Un tour de lame lui entailla sournoisement la moitié de l'index droit. Sans émettre le moindre cri, se gardant bien d'éveiller la moindre compassion chez les voisins qui lavaient leur voiture ou taillaient leurs rosiers, elle coupa le contact de l'appareil avec sa main valide, et se dirigea sans se presser vers notre maison, attendant d'avoir fermé la porte pour gémir enfin. Elle a alors vidé une bouteille d'alcool à 60 ° sur sa main meurtrie, a emmailloté son moignon d'un bout de linge propre déchiré avec les dents, a avalé un antalgique et s'est rendue aux urgences de l'hôpital. Conduisant d'une main, grimaçant de douleur, tout en se rengorgeant intérieurement de s'être débrouillée toute seule.

L'admiration que m'inspire ma mère tient à ces détails qui dénotent son courage. Mais plus encore m'impressionne sa propension à perdre tout orgueil dès qu'un intérêt vital comme le bien-être de ses enfants est en jeu. Combien de fois n'a-t-elle pas exposé sa condition de pauvre veuve devant nourrir trois grands garçons, non pour bénéficier d'une faveur indue, mais en vue de protéger le fragile équilibre financier du foyer. Elle se vante à juste titre de n'avoir jamais eu un centime de découvert à la banque, ce qui était loin d'être mon cas dans mes années de jeunesse où je n'avais que mes indigences à juguler.

J'ai l'impression que Margot se donne du mal pour me montrer que tout va bien et faire en sorte que je ne m'inquiète pas trop. Elle donne le change en respectant autant que ses forces le lui permettent les rituels qui rythment notre vie. Ainsi chaque soir ou presque, quand elle sent que je vais bientôt me coucher, elle se frotte lascivement sur les pieds de la chaise qui me sert de table de nuit. Elle se dresse sur ses ergots, telle une ballerine qui entame son grand adage final ou une aigrette débutant une danse nuptiale. Et là, de son corps débile, de ses membres malingres, clignant ses yeux chassieux et offrant sa peau jaunie par le désordre hépatique au halo de la lampe de chevet, elle exécute ce numéro de séduction qui m'est exclusivement destiné dans la plus stricte intimité. Comme Maria Callas quand elle avait perdu la splendeur de sa voix et l'étendue de son registre, elle compense l'érosion de ses moyens par la ferveur d'un art encore plus expressif.

La vétérinaire spécialisée en médecine interne avec qui j'ai pris rendez-vous me donne l'impression d'être plus sèche et moins sympathique que son collègue. Quand elle examine Margot, il me semble qu'elle est maladroite, empruntée, comme ces réceptionnistes d'hôtels de luxe qui font semblant d'aimer les enfants. Contrairement à mon « vétérinaire traitant » (on dit bien médecin traitant), elle semble dubitative sur les effets d'une chimiothérapie. Au vu des résultats de la biopsie transmis par le laboratoire lyonnais, le cancer est très étendu. La réponse se doit d'être agressive, mais tous les chats ne supportent pas ce pilonnage médicamenteux.

Peut-être veut-elle tester ma motivation. Ne pouvant trancher, je lui demande de bien vouloir téléphoner à mon vétérinaire. J'aimerais les entendre parler tous deux pour me décider. Elle l'appelle, ils commentent les résultats qu'ils ont chacun sous les yeux. Puis elle nous laisse seuls. En quelques secondes, l'archiatre parvient à me regonfler le moral et à me persuader de tout tenter ; surtout ne pas se résigner. Quand « os de seiche » revient dans la pièce, je lui annonce ma décision. Elle l'accepte sans laisser paraître d'émotion particulière, mais je sens qu'elle est contre. À moins que ce ne soit la partie dubitative en moi qui lui fasse jouer ce rôle.

Il y aura une séance par semaine pendant un mois puis une séance par mois pendant quatre mois. Deux jours complets d'hospitalisation seront nécessaires à chaque fois. La première injection va agir comme un shoot. Margot sera très en forme, mais ce sera de courte durée. La seconde injection nous dira si elle supporte le traitement.

Effectivement, la première semaine est un enchantement. Nous oublions la maladie, Margot se porte comme un charme et mange comme quatre. La joie renaît dans la maisonnée.

La semaine suivante, je la dépose à la clinique pour la deuxième séance. Rappelez dans l'après-midi ! À 17 heures, je compose le numéro que je sais par cœur. Elle a un peu de température, rappelez vers 20 heures. Le soir, je rappelle. Cette fois, la température a trop baissé, *le patient* est de nouveau en couveuse chauffante. Je la récupère deux jours plus tard en très petite forme. Margot bouge peu, économise chaque mouvement et surtout, elle ne mange pas.

Le lendemain, je retourne voir mon véto *de proximité* à 16 heures. La prise de sang révèle un taux d'urée inquiétant et des globules blancs en chute libre. L'un des effets secondaires de la chimio qui attaque la moelle épinière et empêche la formation des globules blancs. C'est trop risqué de la perfuser pour la nourrir, car ça va diluer le sang et faire encore baisser le volume de ces gendarmes internes qui protègent des infections. Décision est prise de lui administrer juste un antinauséeux et stimuler l'appétit. Piqûre et cachets jusqu'à lundi.

Margot ne mange toujours pas. Nous lui proposons différentes boulettes, des marques pour chats de luxe, les mets les plus appétissants. Yohan cherche sur Internet. Les forums sont intarissables en conseils qui vont du plus sérieux au plus fantaisiste.

Avant que la maladie ne se déclare, je sentais Margot monter sur le lit en pleine nuit. Même dans un demi-sommeil, je pouvais deviner le point d'arrivée de son saut, sentir le poids de ses pas se rapprocher grâce à la tension du drap le long de ma jambe stimulée par un picotement à fleur de peau, et savoir à quel moment elle serait à portée de main pour que je puisse la caresser. À ces sensations physiques s'ajoutait un brin d'intuition. Depuis peu, ma perception est perturbée. Je crois qu'elle marche sur le drap, mes tissus nerveux les plus ténus sont alertés, mais c'est une illusion. Elle n'est pas là. Parfois même je la sens sur le lit, je la cherche à tâtons et je me rappelle qu'elle est à la clinique. La sensation est imitée à la perfection. Exactement comme on ressent physiquement la sensation de vertige en l'imaginant ou qu'on plisse les yeux dans le sommeil à cause d'un éblouissement au milieu d'un rêve. Ou encore lorsqu'à la suite d'une amputation, les douleurs ou les démangeaisons persistent, paraît-il, dans le membre manquant.

Margot ne mange plus, elle n'est plus qu'un sac d'os, mais son désir sexuel (ou sensuel) reste en éveil quand je lui caresse le bas du dos. Lorsqu'elle était en bonne santé, ça me dégoûtait un peu de stimuler une zone érogène et je refusais, par une sorte de pudibonderie, de lui offrir cette joie. Mais aujourd'hui tout plaisir est bon à prendre. Tant que le désir s'affirme, la vie est là.

Ce matin, elle subit une nouvelle perfusion pour l'hydrater et la nourrir. Elle est moins docile. « Elle en a marre », me dit le véto. Au début, si Margot arrivait au cabinet, les jeunes filles de l'accueil lui faisaient la fête. Elles renchérissaient toutes deux : « Qu'elle est mignonne ! Qu'elle est gentille ! » et je me rengorgeais. Mais la voici devenue grognon, tout l'ennuie et lui pèse. Elle ne miaule plus quand je vais la chercher, elle me fait la gueule. En caressant le gros chat roux au poil lustré dans la salle d'attente, je me dis : et si j'arrêtais tout ? Ce n'est pas normal d'avoir un chat malade qui, de surcroît, est rendu plus mal encore par le traitement, ce n'est pas humain.

Je suis à Nantes. J'ai mal dormi. La distance perturbe le jugement ou le ranime, titille la culpabilité et appelle l'action. Comment ai-je pu me montrer aussi léger et inconséquent ? Il faut qu'elle mange, il faut absolument qu'elle mange. Je suis loin d'avoir tout essayé. Du coup, en rentrant à Paris, j'achète du liquide hyper-protéiné et une grosse seringue. Aux grands maux les grands remèdes. La pharmacienne près du Conservatoire de Paris est compatissante. Elle ne tique pas quand je lui dévoile à qui je destine cette potion. Au contraire, elle arbore un sourire attendri, me demande son prénom. Elle n'aurait pas été plus touchée si je lui avais parlé d'un parent atteint de leucémie.

Arrivé à la maison, Margot ne veut pas de cette mixture. Elle recrache tout ce que je lui ai fait ingurgiter d'autorité. On ne peut pas forcer un chat. J'ai oublié cette règle cardinale. Elle pose gentiment sa tête sur ma main, histoire de me montrer qu'elle n'est pas fâchée et pour me remercier de ma sollicitude. Puis elle va dormir seule, le ventre vide.

Elle est de plus en plus maigre, elle ne mange pas. Elle boit un peu, souvent. Elle reste de longues minutes devant le bol d'eau comme si elle mourait de soif face à la mer Morte.

Le lendemain, je retourne à la clinique vétérinaire. Dans la salle d'attente, je bavarde avec la propriétaire d'un bouledogue français qui a un cancer de la gueule. Elle me dit avoir refusé tout traitement lourd et son chien vit sans souffrir depuis un an. N'ai-je pas péché par névrose de toute-puissance ? N'ai-je pas cru naïvement que larmes et argent feraient fi de la force du destin ? Ne vaut-il pas mieux s'incliner devant sa volonté plutôt que poursuivre avec orgueil une lutte inégale ?

Le docteur V. me reçoit. Elle me paraît moins cassante que la première fois. N'était-ce pas moi qui avais exagéré sa prétendue dureté pour me persuader que j'avais raison d'entreprendre un traitement pour lequel elle n'était a priori pas favorable ? Elle trouve Margot très déprimée et surtout très déshydratée. Pas question de poursuivre la chimio pour l'instant. Deux jours de perfusion sont nécessaires pour rétablir les fonctions vitales de l'animal. « Je ne vous cache pas que c'est très mauvais signe. »

L'émotion me submerge tout d'un coup. Je fais mine de réfléchir alors que je lutte contre les larmes, me concentrant de toutes mes forces sur la boule dans ma gorge pour la faire disparaître. Mais il faut bien parler. Une toute petite voix étranglée sort d'entre mes lèvres. « Je sais, c'est très dur », ajoute-t-elle aussitôt. J'aimais mieux quand elle était méchante, combien je me sentais fort alors. Partir, partir, vite, loin. En repassant par la salle d'attente, je sens le lourd regard apitoyé de la dame au bouledogue français. La douleur se console si bien en flairant sa propre odeur ailleurs. Je ne regarde personne, je sors comme un automate, droit comme maman le doigt en sang, et je marche longtemps pour laisser couler une fontaine de larmes.

Au bout d'une bonne heure de marche, je me ressaisis. Pas question de rester comme ça. Je dois travailler, il faut avancer. Et tout cet argent dilapidé, plus de 3 000 € maintenant pour un résultat hasardeux et un animal en souffrance. Il aurait mieux valu faire un chèque au Secours populaire ou à la SPA. Adopter une famille de migrants. Stop, arrêtons les frais ! C'est ridicule, totalement ridicule. Tout ça parce que notre société n'accepte plus la mort. Fini l'acharnement. Adieu faiblesse de caractère et sentimentalisme. L'après-midi, je pense très peu à Margot. Ça me surprend et me rassure, je me sens adulte.

Et puis, à 19 heures, après trois verres de vin, je rappelle la clinique. On me passe le docteur V. De deux choses l'une, soit Margot supporte mal la chimio, soit le cancer est trop important.

Je penche pour la deuxième solution, me dit-elle. Attendons encore vingt-quatre heures avant de nous prononcer. D'accord. Je raccroche, un nouveau flot de larmes totalement imprévu me submerge. Il faut prendre les choses à la légère, dit la Maréchale dans *Le Chevalier à la rose* de Richard Strauss. « Les tenir et les prendre, les tenir et les laisser. » N'est-il pas l'heure de *laisser* ?

J'enregistre une émission avec Hélène Grimaud. Elle me dit cette chose intéressante qu'elle a lue quelque part : « Nous devons toujours essayer de ressembler à l'image que notre animal familier a de nous. » Je téléphone à ma mère. Elle m'interroge sur l'état de Margot, je ne peux m'empêcher de pleurer, puis je m'en veux de l'avoir inquiétée. Je la rappelle plus tard pour la rassurer et lui demande : « À quoi ça sert de vivre, maman ? » Elle me répond : « À rien, fiston, il faut lutter, c'est tout. »

J'ai toujours la larme à l'œil. Comme Céline interrogé par Pierre Dumayet dans son jardin de Meudon. J'aimerais être aussi beau que lui. Quand le journaliste lui demande pourquoi il continue d'écrire, puisqu'il semble revenu de tout, il répond : « Pour l'argent et pour mes chats. » Admirable réponse d'un vrai écrivain.

Ne suis-je pas en train de sombrer dans la dépression ? Et puis non, le dépressif ne peut plus ni rire ni pleurer. Pleurer, c'est encore vivre. Je revis un chagrin d'enfance et pourtant c'est la première fois que je suis brutalement confronté à la mort lente d'un animal.

Mon tout premier chat s'appelait Youpi. Ma mère s'en souvient alors que je l'avais oublié. Dieu bénisse les mères. Mon père vivait encore. C'était à La Loupe. Je ne voulais jamais m'en séparer. Un dimanche que nous partions pique-niquer dans la forêt, j'avais fait une comédie pour l'emmener. Mes parents avaient d'abord refusé, puis ils avaient cédé. Youpi s'est perdu. « Nous l'avons appelé pendant des heures, se souvient ma mère, et puis il a fallu rentrer, c'était la nuit. » J'avais pleuré toutes les larmes de mon corps.

Le deuxième s'appelait Aïda. Nous avions d'abord cru que c'était une femelle. Quand nous nous sommes rendu compte de notre méprise, c'était trop tard, le prénom est resté. Ma mère ne voulait plus d'animal à la maison. Elle se souvient qu'elle était venue me chercher au car, à la gare routière de Cholet. D'où rentrais-je ? Je ne sais plus. Ma valise s'est ouverte en tombant et le chat en est sorti. Elle a finalement accepté moyennant une liste de conditions très contraignantes : « 1. Pas de chat dans le lit. 2. Il dort dans le garage. » Conditions que j'ai acceptées avec empressement sans jamais les respecter.

Quand je suis parti vivre à Angers, c'est mon frère qui s'est occupé d'Aïda. Il s'y est attaché à la folie. Un jour, le chat est tombé malade. Ma mère l'a conduit chez le vétérinaire. Il avait été empoisonné, probablement par un voisin, il a fallu le piquer. Pour mon frère, le monde s'est écroulé. Ensuite, à Angers, j'ai eu Pelléas qui était en fait une chatte et que j'aurais dû nommer Mélisande si le pli n'était pas déjà pris. Décidément je ne suis pas très doué pour la détermination sexuelle. Je l'adorais, elle était adorable. L'un de mes amis possédait un sympathique shih tzu. Quand il venait me rendre visite, le chien tirait Pelléas par la peau du cou dans tout l'appartement en la tenant par la gueule. Elle se laissait faire avec ravissement. Ils jouaient ainsi des heures entières. Puis j'ai eu Sarah qui avait un caractère étrange et Heathcliff, un petit chat noir que j'ai emmené avec moi à Paris parce qu'il était plus petit et plus faible. Laissant Pelléas que j'adorais et Sarah-la-bizarre chez un ami à qui j'avais confié mon piano.

Pelléas a filé au bout d'une semaine. On me l'a caché pour ne pas me faire de peine. J'en ai eu beaucoup, quand je l'ai su. J'étais allé la chercher à la SPA une fois qu'elle s'était sauvée. Je l'avais retrouvée là, dans une cage, effrayée, tremblante, parmi des matous éclopés et hurleurs. Je l'avais aussi laissée pendant un mois à ma tante Mathilde qui vivait dans une ferme à la campagne. Quand je suis revenu chercher Pelléas, ma tante m'a assuré ne pas l'avoir vue de tout le mois. Je l'ai appelée, elle est instantanément apparue à la porte de la grange, bondissant vers moi.

À Paris, il a fallu que je confie Heathcliff à un couple d'amis à la suite d'un déménagement. Qu'est-il devenu ? Puis j'ai connu Uzès, trouvé à Uzès précisément. Une petite fille cherchait à donner ce chaton noir, car sa maman n'en voulait pas. Je l'ai pris, promettant à la petite fille de le soigner et de l'aimer. Uzès est mort dans les bras de Yohan quand j'étais parti en vacances. Il est mort en deux jours. J'ai été épargné de cette épreuve. Bizarrement, je n'ai plus de souvenirs de lui, sauf qu'il est tombé du 6e étage sous mes yeux par la fenêtre de la cuisine, en présence de mon cousin qui partageait l'appartement avec moi. Je me souviens de son miaulement atroce et de ses griffes qui glissaient sur le zinc. Comme la mère Michel, j'ai crié par la fenêtre. Puis j'ai descendu les marches quatre à quatre, le cherchant sur le boulevard Magenta et dans le square de l'église Saint-Laurent. Il était sonné mais indemne. Un grand manitou protège les chats.

Dans mes moments de délire, je reproche parfois à Yohan d'avoir laissé mourir Uzès, d'avoir tué mon chat. Querelle d'enfants. C'est arrivé quinze jours avant que Margot ne tombe malade. Je me demande si je n'ai pas été puni de ma méchanceté. Ce soir-là, j'avais déclaré, un peu par provocation, qu'il était ridicule d'enterrer son chat et que si Margot mourait, malgré tout mon amour, je la mettrais dans un sac plastique et hop à la poubelle. Tant qu'on n'a pas traversé certaines épreuves, on dit des bêtises. C'est le cas des dépressifs dont ceux qui n'ont jamais connu l'enfer de la dépression parlent avec rudesse, prétendant avec plus d'ignorance que d'insensibilité qu'ils devraient « se secouer ».

Au téléphone, le docteur V. me dit que la perfusion joue son rôle. « Margot est moins déshydratée mais elle ne mange toujours pas. Venez la voir, ça lui fera du bien. » Ça m'a troublé. On va donc voir un chat à la clinique ? N'est-ce pas exagéré ? Et puis il me déplaît de la voir et de la planter là. N'est-ce pas cruel ? Ne va-t-elle pas avoir une fausse joie en me reconnaissant, croyant rentrer à la maison, puis me voyant repartir ? Ne va-t-elle pas penser que je l'abandonne définitivement ? Et je répugne à associer ma présence à la prison dans son esprit. Je préfère incarner la liberté pour elle. « Vous croyez que ça va lui faire du bien ? demandé-je. – J'en suis sûre », répond-elle. Alors j'y suis allé. Curieux aussi de découvrir l'envers du décor, derrière la vitrine aseptisée. J'imagine des petites cages à la Louis XI dans des cachots humides, des chiens qui gémissent, des chats en furie, des serpents menaçants…

En fait, ils sont deux chats dans une sorte de grand placard à balais, un gros chat gris dans une cage et Margot (j'ai écrit Martha, bizarre) dans une autre. Dès que je l'appelle, Margot se met à miauler (enfin, elle parle de nouveau !). Je l'extrais de sa cage et la pose au-dessus, prenant garde à sa perfusion. Elle me fait la fête comme jamais. Mes larmes coulent sur son pelage tondu par endroits. Mon nez coule dans son cou quand elle frotte sa tête contre mon visage. Nous nous caressons sans fin. Nous ne nous lassons pas de ce contact, de cette tendresse. Elle ronronne sans arrêt. Je lui murmure qu'elle est la plus belle, que jamais je ne l'abandonnerai. Plus le temps passe et plus nous nous grisons l'un l'autre de ce déluge d'affection. Quand je pars, au bout d'une heure, elle comprend. La séparation n'est pas douloureuse. Nous sommes remplis d'amour, repus d'amour, ivres d'amour, heureux.

Dans le bus qui traversait la Perse, je me suis amusé à écrire des poèmes en m. *Et même un calligramme en forme de M. J'ai cherché et compté. Je compte pour passer le temps. Dans le métro, mon regard se pose souvent sur le plan de la ligne au-dessus des portes. Je repère les trois arrêts les plus importants. Une correspondance avec une gare SNCF vaut plus qu'avec une gare RER et chaque ramification avec une autre ligne vaut un point. J'organise : entre ces pôles, il faut qu'il y ait trois ou sept arrêts, mes chiffres magiques. J'envisage plusieurs possibilités. Je compte et je recompte de façon compulsive. Sur la route, en voiture, je compte aussi les traits discontinus qui permettent de doubler avant la ligne jaune : je fais des paquets de sept séparés de trois ou de un. S'il m'en reste deux, j'ai perdu, car je n'ai pas droit aux chiffres répétés comme un et un. Alors je recommence.*

Il paraît que Zola était atteint d'un tic obsessionnel similaire. Il comptait tout, et pas seulement l'argent comme prétendaient ses ennemis. Martha aussi compte tout par multiples de neuf. Quand sa fille Stéphanie était petite, elle devait lui faire neuf bisous. Si un de plus lui échappait, il fallait alors qu'elle atteigne dix-huit, et ainsi de suite. Certains soirs, elle l'embrassa quatre-vingt-une fois.

On raconte qu'un jour de tristesse et d'ennui, Erik Satie, l'homme aux quatorze parapluies, compta lentement sur ses doigts jusqu'à deux cent soixante mille.

Le lendemain, coup de fil au docteur V. « Elle mange ! m'annonce-t-elle triomphalement. Du thon à la vapeur. – Par quel prodige ? – En fait, on essaie un peu tout, m'explique-t-elle un sourire dans la voix. Un assistant va au supermarché et achète quelques boîtes. On présente la nourriture à l'animal anémié en variant les propositions. » Ce matin, elle a donc mangé du thon. Je ne peux m'empêcher de croire que notre long duo d'amour lui a ouvert l'appétit. « Revenez la voir », me dit le docteur. Je reviens à 14 heures avec Yohan qui surmonte sa peur des médecins. J'ai réussi à le convaincre que sa présence peut être bénéfique au *patient*. Le docteur V. nous conduit à la cage. Changement radical d'humeur.

Margot est lointaine, presque maussade. De nouveau très rose du Petit Prince. Elle mange, c'est l'essentiel. Me reproche-t-elle de l'avoir laissée hier ? Retrouve-t-elle simplement son caractère distant et royalement sauvage, ce qui est bon signe ? Ou ne livre-t-elle ses sentiments que dans la plus stricte intimité ? Un peu des trois probablement. Je demande au docteur V. si nous pouvons la ramener à la maison. Elle acquiesce. Dès qu'elle comprend qu'elle part avec nous, Margot se détend et se prête aux câlins.

À la maison, elle mange du thon et des croquettes. Yohan lui installe de petits ramequins dans ma chambre, de l'eau, du thon, du jambon aussi. La nuit, je l'entends manger et boire dans mon demi-sommeil. Le lendemain matin, les coupelles sont vides.

La relation avec un animal ne ressemble à aucune autre. Ce n'est pas un enfant, ce n'est pas un ami, ce n'est pas un amoureux, ce n'est pas un copain, ce n'est pas un frère, un parent, c'est encore autre chose. Cet amour est réel, unique, incomparable. Je regarde une photo du pianiste Nelson Freire, les yeux mi-clos, la barbe fleurie, souriant aux anges, couché sur un tapis, deux gros chiens vautrés sur lui. Je suis sûr que l'expression de son visage ne ressemble à rien d'autre de lui dans quelque autre circonstance de sa vie. Sur ses traits totalement détendus se disputent la confiance, la tendresse, la soumission réciproque, il en est comme transfiguré. Brigitte Bardot, lorsqu'elle voyage, n'oublie jamais d'envoyer des cartes postales à ses chiens.

Hier soir, Margot est restée plus longtemps dans mon lit, alors que nous faisons chambre à part depuis trois jours. Elle s'est abandonnée, le corps allongé et offert, la tête posée sur mon avant-bras nu, une patte sur ma main. Je l'observe en souriant. Elle m'observe aussi avec tranquillité, entre les fentes de ses yeux. Que de longs regards n'échangeons-nous pas tous deux ! Des regards qui ne disent rien de plus que la joie d'être ensemble. Dans la nuit, je la sens qui descend du lit. Attentif à tout, je me réveille à moitié endormi et je lui ouvre la porte, au cas où elle voudrait soulager un besoin naturel, se dégourdir les jambes. Je me recouche et me rendors. Si je me réveille, je l'appelle, tout de suite elle accourt, monte sur le lit et se frotte la tête contre la mienne en ronronnant.

Margot reprend du poil de la bête. Son pelage redevient brillant et lustré. Les vertèbres se sentent encore quand on la caresse et les tonsures nous rappellent que ce n'est pas comme avant, mais elle va bien. Elle ne mange pas, elle dévore ! Le docteur V. me dit au téléphone : « Laissons-la se retaper. On se reparle lundi. » Sous-entendu : pour décider si on continue le traitement ou pas. Soit on reprend la chimio avec le risque qu'elle ne s'alimente plus et là peut-être à jamais. Soit on la soigne à la cortisone jusqu'à la fin et elle peut vivre six mois, un an, peut-être moins ou plus en fonction de son degré de résistance. Mais pour l'instant, trois jours d'insouciance, de bonheur sans nuage. Je me fais penser à César qui, au début de *Fanny,* chez Honorine, dit à Panisse : « Mais aujourd'hui, il n'y a que de la joie à partager », alors qu'il ignore encore le départ de Marius qui va l'anéantir de chagrin. Panisse qui – c'est l'une des plus belles répliques du film – « fait des voiles pour que le vent emporte les enfants des autres ».

Margot dort près du radiateur. Elle semble toujours avoir froid. Yohan, qui déborde d'imagination et trouve des solutions à tout, a l'idée de retourner la lampe halogène au-dessus de mon lit pour lui créer une sorte de couverture chauffante. Il allume aussi la lampe de mon bureau en pleine journée pour qu'elle vienne y chauffer ses os. Dressé par ma mère à ne pas laisser « brûler le courant » en pleine journée pour éviter de jeter l'argent par la fenêtre, je n'y aurais jamais pensé.

Le samedi soir, j'invite mon frère Léo, sa femme et mes petits neveux à dîner. J'ai fait du veau marengo qu'ils trouvent délicieux. Je parle de Margot. Ils m'écoutent avec respect. C'est un test. Je veux voir si je peux en parler sans pleurer. Si je peux commencer à évoquer sa mort sans avoir la voix qui chevrote. La mère de Pierre Arditi avait l'habitude de lui dire : « Un homme qui ne pleure pas n'est pas un homme. » Ça me rassure. Si les voiles emportent les enfants des autres, le vent parfois nous les ramène.

Dans la journée du dimanche, ma décision est prise. Je ne sais si c'est bien ou mal, c'est ainsi. Je ne veux plus qu'elle souffre, je ne veux plus d'acharnement, je ne veux plus lutter contre un ennemi supérieur en nombre et en force, je ne veux plus qu'on la tripote contre son gré quand bien même ce serait pour son bien. Ce qui m'apparaissait d'abord inconcevable – accepter sa mort alors que s'offrait la possibilité de prolonger sa vie – est finalement devenu une évidence. Je l'observe. Son minois est adorable. Le dessin de son visage est si fin, délicat, les proportions parfaites. Mais ses yeux surtout sont si pleins d'expression, de gravité, de curiosité au monde, de goût pour l'intimité aussi, que j'en reste tout chamboulé.

Lundi, coup de fil à 10 heures du docteur V. qui vient aux nouvelles. Je n'ai pas varié d'un pouce de ma position de la veille et je m'en étonne intérieurement, moi qui me reproche si souvent d'être influençable, indécis, flou, comme la plume au vent. Elle m'assure que c'est la bonne décision, sans triomphalisme mal placé, ce dont je lui sais gré. Les statistiques m'accordent entre quelques semaines et quelques mois. J'aurais espéré plus, mais c'est toujours ça de pris, comme dit la chanson. Il faudra lui donner un cachet de cortisone par jour. Elle va peut-être perdre l'appétit de nouveau, on augmentera alors les doses du corticoïde, jusqu'au jour où il faudra *l'endormir*. Délicat euphémisme. « Comment saura-t-on le moment ? – Vous le saurez », me répond-elle d'une voix trop douce pour me rasséréner. Décider n'est pas tout, il faut toujours subir d'une façon ou d'une autre. Je prends conscience qu'il y aura un moment atroce auquel nul ne peut échapper. J'ai l'air de découvrir les duretés de la vie à mon âge, c'est idiot.

Je m'agrippe pour l'instant aux signes positifs et les transmets au docteur V. avec joie : elle mange comme quatre, elle est très tonique… Et puis, à brûle-pourpoint, je lui demande : « Vous pensez qu'il faut que j'accepte le fait qu'elle va mourir ? » Elle paraît surprise par la question. « Oui… si vous voulez… » Allons, elle est médecin d'animaux, pas thérapeute de leurs maîtres… Une fois, elle a prononcé ce mot. Elle a dit quelque chose comme : elle sait que vous êtes son *maître*. Ça m'a paru étrange. Maître, épouse, mari, parrain… Autant de mots qui recouvrent des conventions qui paraissent abstraites ou surannées, mais des mots auxquels on peut se raccrocher et qui font du bien quand les repères vacillent. Disons que ça peut apaiser de faire semblant d'y croire.

Martha, qui parle souvent d'astrologie, m'a dit un jour : « Tu sais, je n'y crois pas vraiment. » Moi non plus. Ou plutôt moi aussi ! Comme je ne suis pas sûr que Dieu existe même si je veux croire en Sa lumière. Car pourquoi se priver d'une dimension comme on fermerait un œil pour mieux voir le monde. Maître de Margot ? J'ai plutôt l'impression de vivre chez elle, d'être davantage à son service qu'elle n'est au mien. Sacha Guitry avait fait graver sur la médaille de son Mistigri : « Sacha Guitry appartient à ce chat. » C'est si vrai.

Le compte à rebours a commencé. Je me répète cette phrase qui synthétise mon nouvel état d'esprit fait de résignation réaliste devant l'immensité de ce qu'on ne peut changer et de combat volontaire sur la toute petite part d'incertitude qui dépend un peu de nous. En même temps, l'évidence de ce cliché de la condition humaine à la formulation sentencieuse et dramatisée m'arrache un sourire. Ça me rappelle aussi l'introduction récurrente des épisodes de la série *Les Envahisseurs* prononcée d'une voix grave et pénétrante par le héros : *Le compte à rebours a déjà commencé*, avec un accent emphatique et menaçant sur « déjà ». Tout en me répétant ce mantra, je visualise le moment de la piqûre finale, image qui devient obsédante.

La nuit, je rêve d'un chat qui ne ressemble pas à Margot. J'habite dans deux appartements différents et j'oublie d'aller dans l'un des deux pendant trois ou quatre jours. Quand je m'y rends enfin, plein d'appréhension, je cherche un chat et je trouve une boule de poils apeurée, tremblante et affaiblie que j'appelle Margot (peut-être par erreur). Comme c'est dimanche, je cherche partout un vétérinaire de garde pour la soigner. Je sonne, je sonne, et personne ne répond...

Avant la maladie, Margot avait l'habitude de réclamer des caresses « au mauvais moment ». Quand je devais répondre au téléphone, quand je sortais de la douche, quand je m'habillais vite pour sortir, etc. Le plus souvent, je la rabrouais sans céder à son caprice. Maintenant tout a changé. Comme chante Léo Ferré : « Ton point de vue n'est plus le même. »

Ce matin, Margot rappelle brutalement à ses deux congénères qui semblent abuser de sa faiblesse qu'elle n'entend pas céder un pouce de son territoire. « Jusqu'à mon dernier souffle » prévient son œil noir tandis qu'elle passe sa patte derrière son oreille. J'approuve silencieusement son refus net des envahissements abusifs.

Quand je me lève pour faire les quelques mouvements d'élongation que j'appelle abusivement « ma gym » ou pour préparer mon frugal petit déjeuner, Margot monte sur le lit et de son regard d'aigle veille à ce que personne n'approche de ses appartements. C'est le rôle qu'elle s'est assigné, sa mission et sa principale occupation en dehors de longues heures de sommeil ; encore que même endormie la sentinelle veille.

Avec le soir arrive le moment de la danse nuptiale. Elle se frotte le corps le long des pieds du bureau où je travaille, et ondule comme le serpent sous le charme du flûtiste, puis elle imite l'autruche : tête plongée dans la moquette, croupe se hissant en l'air et se tortillant en une transe mesurée qui rappelle le poignet du virtuose se relevant du clavier pour effectuer un long trille mystique tel qu'en regorgent les pages extatiques du dernier Liszt. Riant de bon cœur et n'y tenant plus, je la cueille alors sous ses protestations feintes d'artiste interrompue avant le tutti final, vite démenties par un ronronnement nourri lorsque je la couvre de baisers.

Parfois c'est elle qui stoppe son babil corporel et saute sur mes genoux avec une souplesse qui chaque fois m'étonne et me saisit. Elle aime me prendre de surprise, disparaissant sous ma chaise si je la regarde, réapparaissant de l'autre côté et attendant que mon regard se pose ailleurs pour effectuer son saut de sylphide. Elle se laisse d'abord caresser comme on salue sous les applaudissements, les vivats du public, comme on remercie d'un air modeste et ravi pour les fleurs qui tombent des galeries supérieures. Puis elle s'alanguit telle une courtisane orientale avant de prendre soudain les devants en professionnelle aguerrie, en initiatrice pleine de ressources, en Salomé séductrice et vénéneuse.

Je la sens grimper alors jusqu'à mon épaule gauche, toujours la gauche, qu'elle identifie probablement comme celle du cœur à moins que, me sachant droitier, elle sente d'instinct que mes caresses seront plus habiles et plus nourries de ma main libre. Arrivée au faîte de son escalade, au climax de sa chorégraphie langoureuse, elle s'abandonne alors tout à fait, ferme les yeux, allonge son petit corps devenu immense, serpentin, « manchonnesque », laissant ses pattes de devant couvrir mon omoplate, son ventre enrober mon cou, ses pattes de derrière orner ma poitrine. Et là, éperdu d'amour et de gratitude, je respire son odeur, je l'étouffe de mes baisers, et je la soutiens, malgré les crampes, les engourdissements, pendant près d'une demi-heure, sans un regard pour mon ouvrage en train, remerciant tout bas le ciel de me l'avoir maintenue un jour de plus en vie.

Je possède un vieux presse-agrumes que tout me pousse à jeter à la poubelle. Ses couleurs sont passées et offrent un vilain camaïeu de verdâtre et de gris. L'intérieur est oxydé et semble d'une propreté douteuse, les bords sont rongés, les dents érodées. Et pourtant je sais qu'un neuf n'exaltera pas aussi bien la saveur du citron vert, l'acidité de l'orange maltaise, la douceur du pamplemousse. Avec mon vieux compagnon de cuisine, mes mouvements s'adaptent immédiatement à la taille du fruit, la force de ma paume à la densité du jus, à la qualité de la pulpe ; l'adresse de mes doigts à la quantité de pépins et de « blanc » que j'écarte prestement de la pointe d'un petit couteau. C'est tout le temps passé avec ce valeureux presse-agrumes qui va m'être retiré, vingt ans d'apprivoisement et d'adaptation continue au vieillissement de la matière et à la dégradation progressive de mon tonus musculaire.

Il va falloir repartir de zéro avec un ustensile étranger qui aura absorbé et rejeté les modes successives de la société de consommation sans rien connaître de mon histoire, de ma jeunesse et de mes goûts. Il va falloir réapprendre des gestes de base mais surtout perdre un trésor d'habitudes, comme un chef d'orchestre devant quitter ses musiciens qui, avec le temps, n'ont plus besoin de le regarder pour exécuter un rubato ou un diminuendo suggérés d'un regard ou d'un quart de phalange. C'est aussi cette bibliothèque de coutumes et de sentiments tacites que je vais perdre avec mon chat. Des jours et des nuits de connaissance intime, d'évolution en parallèle, tout ce temps passé à apprendre à se connaître, à anticiper les réactions de l'autre. À s'aimer sans crainte.

Margot est comme d'habitude. J'en oublierais tout. N'était le cachet de cortisone que je lui administre chaque jour vers midi et qui me rappelle qu'elle est en sursis.

Je ne résiste pas au plaisir de décrire encore et encore ma petite Margot. Pardon si je radote. Petite et fine, elle semble avoir gardé sa taille de jeune fille. Une courbe élégante relie le front à la bouche avec un nez particulièrement fin et joli. Une robe presque entièrement noire ornée d'un petit nœud blanc à la poitrine. Le reste est en harmonie, sans signe particulier. La plus grande partie de son charme réside dans son attitude royale et son caractère sauvage sans agressivité. Elle n'appartient à aucune race particulière, elle est juste raffinée par nature, pas en vertu d'un pedigree orgueilleusement épuré. Enfin ses yeux. La pupille ronde et mélancolique, attentive et lunaire, m'observe l'air de dire :

« Qu'a-t-il encore inventé mon grand fou ? » avec une lassitude amusée. Je me sens toujours un peu benêt, un peu gauche auprès d'elle.

Si je l'embrasse, il me semble que je l'incommode, que je vais froisser sa robe, mais si je passe sans prendre le temps de lui rendre mes hommages d'un cordial salut, je la sens se raidir et penser tout haut : « A-t-on idée d'être aussi mal élevé ! » Souvent son regard se perd au loin et mon cœur se serre en songeant qu'elle s'ennuie peut-être et que le vide de l'existence l'affecte. Si je la regarde, elle pose alors sur moi des yeux d'une bienveillante neutralité qui disent : « Alors mon ami, n'avez-vous rien à faire ? Occupez-vous de grâce, votre oisiveté m'ennuie et je me sens si lasse. » Et de reprendre avec majesté la pose du monarque habitué à être scruté, observant machinalement les règles d'une étiquette séculaire lors d'une manifestation officielle qui s'éternise, mais qu'il sert sans rechigner.

Il lui arrive aussi de me tourner le dos, comme ces pianistes qui détournent le regard vers le fond de la scène, par pudeur, pour accompagner sans trop la souligner une modulation particulièrement hardie, au contraire de Lang Lang qui profite de cette audace harmonique pour dévisager la masse noire et informe du public en roulant des yeux de hibou et en souriant d'un air entendu. Ma Margot ne parle pas la langue Lang, ses manières de princesse de Chine en exil lui donneraient plutôt une mine Ming.

Elle ne joue jamais avec les autres chats et se montre indifférente à leur existence. Elle ne s'intéresse qu'aux humains et encore pas tous. Elle me fait penser à moi, enfant, qui ne ressentais nulle attirance pour le monde de l'enfance, ses restrictions et son folklore, qui redoutais sa cruauté et dédaignais ses intérêts conventionnels, qui désirais faire partie des adultes et être considéré comme tel. Mais elle me fait aussi penser à mon petit frère qui, lorsqu'un étranger tentait d'obtenir ses faveurs ou qu'un membre de la famille élargie lui flattait la nuque, reculait en débitant d'un air sombre : « J'aime maman, papa, mes frères, c'est tout. »

Mélancolie du printemps qui s'annonce, premiers rayons de soleil qui nous surprennent comme un rire trop fort trouble le silence paisible de l'hiver. Tristesse d'un cycle qui recommence et au cours duquel il va falloir se défaire de ses vêtements, montrer son corps blanc et vulnérable, engraissé par la résistance au froid, supporter la vulgarité du dénudement collectif, la joie attendue, saisonnière et obligatoire, les couleurs vives, les imprimés agressifs, et puis se demander où l'on va passer l'interminable été et avec qui. De toute façon, le printemps a perdu tout attrait, toute magie depuis la disparition des papillons et la raréfaction des coquelicots dans les champs de blé. L'arrivée des beaux jours me fait inexorablement penser à la mort. « Avril est le mois le plus cruel », a judicieusement écrit T. S. Eliot.

Au début de l'épidémie du sida, il fallait bien quinze jours ou trois semaines avant d'obtenir les résultats du laboratoire. Sans compter le temps de procrastination avant que surgisse, d'on ne sait où, la décision d'aller faire sa prise de sang. Une fois l'acte courageusement accompli, il fallait attendre. Pour conjurer l'angoisse de la mort et me préparer à l'adieu au monde qui me serait notifié sous pli discret, je m'habituais à l'idée de ce départ forcé et prématuré. Et j'y parvenais si bien que, allant chercher l'enveloppe funeste d'un pas lent, l'ouvrant sans trembler et découvrant finalement que je bénéficiais d'un royal sursis, je ne parvenais pas à m'en réjouir autant qu'il l'eût fallu. Au contraire, je murmurais ces mots insensés qui venaient du plus profond de moi : me voici condamné à vivre.

Margot fait sa grande toilette sur le lit. C'est la toilette du Roi-Soleil à laquelle j'assiste avec une fascination attendrie. Signe tangible de bonne santé, me souffle une voix amie. La paresse du gant de toilette n'est-elle pas en effet l'une des premières alertes de la dépression qui gratte à la porte ? La vigueur de sa langue rose et râpeuse sur son pelage luisant me réconforte et soudain m'inquiète : n'est-ce pas le même endroit qu'elle lèche frénétiquement comme une démente de Charcot ou comme la victime d'un viol qui cherche à effacer la meurtrissure en se purifiant jusqu'à se mutiler ?

Ensuite elle mange un peu de thon. Elle boit l'eau que j'ai changée pendant sa toilette, songeant que cette salivation hystérique lui donnerait soif d'eau fraîche. Puis elle me regarde très doucement et je ris en la regardant à mon tour. Je lui murmure des mots doux qu'elle écoute les yeux mi-clos, souriant comme ma grand-mère souriait : avec le sentiment vague que sourire était un péché et que l'on ne pouvait s'y adonner qu'à moitié. Les lèvres larges et pleines, mais retenues, les yeux brillants et beaux, mais légèrement baissés. Jamais je n'ai vu sourire plus noble et plus profond qu'à la dérobée sur le visage de ma grand-mère Marguerite et, probablement imaginaire, sur celui de ma délicate petite Margot.

Elle remonte sur mon lit, fait semblant de se choisir une place avant de se blottir contre moi. Elle ne veut pas m'imposer son désir ou elle cherche, admirable femelle, à exciter le mien. Elle a toujours agi ainsi, faisant mine que rien n'est acquis d'avance, alors que nous dormons chaque nuit l'un contre l'autre, mais là je retiens ma respiration car, depuis sa maladie, ce n'est plus le cas.

Nous écoutons ensemble la *Sonate en sol majeur* de Schubert par Richter (en concert au Japon) sur YouTube, puis je lis quelques pages de Chateaubriand qui n'est pas son auteur favori, tenant mon livre de la main droite, la caressant de la main gauche, tournant les pages avec trois doigts – pour ne pas risquer de la brusquer et de la réveiller – d'une façon virtuose qui me flatte. Elle dort toute la nuit dans mes bras, don suprême accordé en récompense à tant d'attentions. Au petit matin, nous n'avons pas bougé d'un pouce, ni elle ni moi, de sorte que nous avons l'air d'être réunis dans la mort.

À midi, il faut lui donner son cachet de cortisone. Yohan assiste parfois à ce rituel. Pour l'égayer et l'alléger, il prononce chaque jour : « C'est l'heure de quoi ? » Des mots qui nous font rire, car il semble que Margot fasse semblant de dormir pour tenter d'échapper à cette désagréable opération. Il faut lui prendre la tête avec les deux mains, lui ouvrir la gueule du pouce gauche et de l'index, pencher sa tête à la verticale, laisser tomber le cachet de deux doigts de la main droite et s'assurer qu'elle a bien dégluti avant de refermer ses mâchoires. Souvent elle bloque sa gorge de la langue et recrache le corps étranger. Il faut alors recommencer. Au début, elle gardait même le cachet sous sa langue, comme font les simulateurs à l'hôpital, et attendait qu'on ait tourné les talons pour s'en débarrasser sous un lit.

Le plus émouvant, c'est qu'à force, loin de trouver mille ruses pour déjouer notre patience, elle semble nous aider et nous simplifier la tâche. Comme si elle avait intelligemment compris que c'était pour son bien, que plus vite ce serait avalé, plus vite elle en serait débarrassée. Mais rien n'est plus charmant que sa petite bouille ensommeillée qui offre en réponse de « C'est l'heure de quoi ? » d'abord son air grognon, puis son désir de bien faire, son application de bonne élève résolue à guérir.

Je rencontre Philippe Claudel pour son livre *L'Arbre du pays Toraja*, que j'ai adoré. Nous bavardons. Il me demande aimablement sur quoi je travaille. Je lui parle de Margot. Son visage change. Il me dit qu'il a beaucoup pleuré la mort de son chat. « En plus, c'est lui qui nous avait choisis. » C'était un chat vagabond qui avait élu domicile chez eux. Il me rappelle ce mot de Jean-Luc Godard : « Avec les humains, on communique, avec un animal on communie. » Nous méditons silencieusement la limpide vérité de cette phrase. J'essaie de la développer, d'en extraire la magie, impossible. C'est simple et mystérieux comme du Mozart.

Annie Girardot disait : « Quand on pleure, on est inoxydable, on est libre… » Certaines phrases sont vraies parce qu'elles sont étranges. On ne les comprend pas tout à fait, on devine leur part de vérité à travers la maladresse qui signe leur originalité. Ce ne sont pas des phrases d'écrivain, bien tournées, léchées. Ce ne sont pas des aphorismes dont la perfection réside dans le fait que leur contraire est aussi vrai que leur énoncé, en une habile et élégante symétrie.

Ainsi des phrases creuses peuvent sembler avoir un double-fond qui fait caisse de résonance. La phrase d'Annie Girardot tire son universalité de sa sincérité, de sa singularité. J'ai parfois dit ce genre de phrases à Martha. Quand c'était une pensée trop écrite, trop fermée, trop ronde, elle me répondait par une moue dubitative. La part animale d'elle-même se méfiait. C'était trop spirituel pour être vrai. Si au contraire, je disais une chose bizarre, spontanée, cocasse, singulière, elle riait et disait « Oui, c'est vrai » ou « Oui, moi aussi ».

Le fait est qu'on a tous ressenti cette part de liberté des larmes : prisonnier de son chagrin, peut-être, mais libéré des contraintes sociales. Les larmes sont comme l'amour : inutile de les maîtriser ou de chercher à les analyser, c'est un irrépressible abandon. J'ai pris véritablement conscience que les larmes étaient un don du ciel dans une scène de *Victor Victoria,* lorsque Todd, l'homosexuel d'âge mûr, consolant Victoria qui pleure, lui dit comme à lui-même : « Je paierais cher pour pouvoir être encore capable de verser ces larmes. »

Martha m'a appris à être moins français, policé, corseté, plus subtil et plus animal à la fois.

Toute la journée, Margot a semblé très fatiguée, grattant faiblement à la porte, le corps froid et lourd. Elle reste un peu avec moi, le soir, devant la télévision, ce qui est rare parce qu'elle est plutôt une *chatte littéraire,* si l'on me passe le pléonasme : « Vous voulez être écrivain ? Ayez des chats », dit Aldous Huxley. Puis elle s'allonge dans ma chambre, près du radiateur. Elle semble avoir besoin de solitude et de chaleur. Au moment où je me couche, elle devient joueuse, aguicheuse, comme si elle s'était économisée toute la journée en prévision de ce moment de tendre alacrité. Je lui caresse le ventre, elle ne me mord jamais fort et ne griffe jamais.

Lorsqu'elle était à la clinique vétérinaire et que j'étais venu la chercher un dimanche matin, je me rappelle que l'étudiant de garde m'avait demandé que je l'aide à la désharnacher de sa sonde. Il avait défait son sparadrap avec difficulté, on sentait qu'il maîtrisait mal cette opération. Sa gaucherie me rendait nerveux, ce qui augmentait son trouble. Il m'a alors prié de la tenir pour enlever l'aiguille et j'ai vu que Margot appréhendait quelque chose. Il eut un geste brusque et mon admirable petite chatte ferma les yeux sous la douleur, mordillant mon doigt sans me faire mal, sans se débattre, sans me griffer, simplement pour me signifier qu'elle souffrait atrocement. J'ai tancé le maladroit et l'ai prié d'être plus doux, ce qu'il a fait, un peu honteux.

Pourquoi ne supporte-t-on pas la déchéance d'un animal et abrège-t-on ses souffrances, tandis qu'on accepte de voir des humains se dégrader sans espoir de rémission ? Ma mère nous a fait promettre, mes frères et moi, « d'arrêter tout ce cirque » le jour où elle perdra conscience et autonomie. En serons-nous capables ? Inversement, si nous le lui demandions, nous, elle n'hésiterait pas une demi-seconde.

Le soir, je consulte mes e-mails. Margot monte sur mon épaule et ronronne. Comme pour se faire pardonner de ne plus dormir avec moi et pour me montrer qu'elle m'aime toujours, qu'elle a besoin de moi, Margot passe du temps dans mes bras quand je travaille à mon bureau. Je l'embrasse, elle ronronne. Je lui murmure des mots doux, elle ronronne moins fort pour écouter ma voix. Je me tais, l'embrasse de nouveau, la vibration de son larynx bienheureux repart de plus belle.

Belle rencontre avec Philippe Forest à propos de son livre sur Rimbaud qui est un bijou. Il n'aime pas l'expression « travail de deuil ». Comme s'il existait une gymnastique pour réparer l'irréparable. Comme si les farceurs du développement personnel avaient gagné contre la métaphysique. Il aime l'orthographe archaïque du mot « doeil ». Et cite Desnos : « Deuil pour deuil. » An pour an ? Son petit ange est mort il y a longtemps, autant dire hier, l'écrivain avait trente-quatre ans.

Philippe Forest soutient « que toute perte est irréparable, doit le rester, que d'elle procède la part la plus humaine de nous-mêmes ». Je me souviens de Yann Queffélec, lors des obsèques de la pianiste Brigitte Engerer dont il a été l'époux, s'élever contre l'expression toute faite « personne n'est irremplaçable » de sa voix de loup de mer qui faisait claquer les voilures roides de la nef de Saint-Roch. Le bon sens, qu'il soit près ou loin de chez vous, peut être très con. Comme Rimbaud, comme Aragon, Philippe Forest croit au vertige. Car l'Homme *croît* au vertige. « Rien ne compte plus que le vertige », disait Aragon. Rien ne *conte* plus que le vertige, renchérit Forest qui trouve sa vérité en défiant chaque jour, *à l'heure où blanchit la campagne*, sa peur panique du vide.

Les vétérinaires nous disent qu'un chat a besoin de manger toujours la même chose. La même marque de croquettes, etc. Le thon est la dernière passion de Margot, mais elle aime aussi beaucoup le jambon. Et Yohan lui donne parfois du steak haché. Ou des haricots verts. Elle raffole de tout. Elle mangerait ma main et je la lui donnerais volontiers si elle pouvait guérir. En Tunisie, les deux ou trois chats qui nous rendent visite aux heures des repas et qui sont les premiers informés de notre arrivée dans le quartier mangent tous nos restes. Ils semblent apprécier cette diversité. Alors ? Alors l'orthodoxie n'est pas forcément sœur de toute sagesse.

Le pâtissier d'Illiers-Combray qui a écrit sur sa devanture : « À la véritable madeleine de Proust », est-ce de l'humour ? Je me demande.

Je ne me lasse pas d'observer l'infinité d'expressions qui se peignent sur le visage de Margot. Souvent elle s'ennuie et ne fait rien pour tromper cet ennui. Les humains n'aiment pas s'ennuyer, alors ils jouent sur leur écran de téléphone ou regardent la télévision. Rêvasser n'est pas s'ennuyer. Beaucoup de gens ont honte de rêvasser. Si quelqu'un entre dans la pièce, ils sursautent et font semblant de s'occuper. Rêvasser est pourtant une activité qui mérite le respect. Ce devrait être à la personne qui dérange un rêvasseur de se sentir gênée et de s'éloigner sur la pointe des pieds. Margot regarde parfois par la fenêtre, tourne la tête et offre sans pudeur un regard désolé qui dit : « Que le temps passe lentement aujourd'hui ! » Je respire, car rêvasser avec mélancolie est un privilège de bien-portant.

À La Marsa, sur la corniche, je suis toujours attristé quand je vois quelqu'un les yeux vissés sur son écran, ignorant le frémissement de la mer et le rosissement du ciel. Passe encore s'il se trouvait dans le brouillard de la Tamise ou sous la neige de Vladivostok, mais face à ce paysage magnifique, ça me paraît un gâchis navrant qui sonne le glas de la contemplation orientale. Concept qui, soit dit en passant, fait bien rire les Orientaux qui prétendent qu'elle est un mythe. Mon oncle Michel a peint un tableau de sa mère, ma grand-mère, jeune, élégante, robe et chapeau blancs, regardant la Méditerranée dans son Algérie natale. Il est dans mon bureau, au-dessus du piano et, plus que ma grand-mère, il me rappelle mon tableau préféré : *Jeune fille debout à la fenêtre* de Dalí. Le drapé de sa robe bleu clair se confond avec l'irisé des reflets dans les vagues. Ma grand-mère n'a jamais dû se prélasser ainsi ni s'adonner à une délectation morose de cette sorte. Mais elle a bien dû en rêver, ce qui fait que, miraculeux mensonge réparateur de l'art, mon oncle l'a immortalisée dans une pose qui lui va si bien et dont elle n'osait sûrement pas s'accorder la licence.

S'il est vrai que le mythe organise le chaos du monde, M *est son messager. Attention, c'est une lettre ambivalente. Les cinéphiles pensent à* M le Maudit *de Fritz Lang. Les plus jeunes à l'ombrageux supérieur de James Bond. C'est aussi la lettre du Malin, de Méphisto. Mais n'oublions pas que le démon est un ange déchu qui jouissait des faveurs de Dieu avant de promener sa vilaine pomme loin du tronc qui l'a créé. C'est sa manière de tromper l'ennemi, d'endormir notre méfiance, d'arborer ce* M *qui rappelle inconsciemment « maman » ou « miam-miam », car si le Diable fait peur, Méphisto est sympathique de prime abord. Il a le visage d'ange de Gérard Philipe, pas la bouille simiesque de Michel Simon.*

L'ambivalence se fait sentir dans le charmant mot de camarade. Quelque chose de gentil, de Grand Meaulnes. Mais aussi l'affreuse grimace soviétique, la tragique méprise du communisme où se serrent pas moins de 3 m, *quelle ironie !*

Jusqu'à de Gaulle, écartelé entre ses deux M, *Malraux et Mauriac, alors qu'il écrivait ses Mémoires. Des trois, Mauriac était le plus proche de la musique et tout particulièrement du compositeur d'un célèbre* Requiem.

Mozart

« Je mets ensemble les notes qui s'aiment. »

Wolfgang Amadeus Mozart

Dans un carnet de dépenses qu'il tenait régulièrement, Mozart fait mention à la date du 12 avril 1784 de l'acquisition d'un petit étourneau au plumage noirâtre, tacheté, à reflets verts et pourpres, dont le sifflet riche en glissandos et à la sonorité de glockenspiel lui a beaucoup plu. Il griffonne quelques notes de son chant avec ce commentaire : « *Das war sehr schön.* » Ce matériau « très joli » prend possession de sa « plume » (*sic*) lorsqu'il écrit le finale de son *Concerto pour piano n° 17 en sol majeur K 453*, qu'il appelle lui-même « Concerto de l'Étourneau », car ce chant devient rien moins que le thème des cinq variations de l'allegretto conclusif. Deux siècles plus tard, le compositeur et ornithologue Olivier Messiaen parcourra le monde pour noter les chants d'oiseaux les plus rares et les infuser dans ses partitions afin d'élever son œuvre en un temple vivant dédié à la Nature. Dans son livre consacré aux concertos de Mozart, Messiaen s'émerveille de l'anecdote de l'étourneau. D'autant que Mozart marchant sur les pas de saint François d'Assise s'inspire du plus commun des volatiles, de la parole d'un des plus humbles représentants de l'espèce volante pour couronner son chef-d'œuvre.

Six jours avant la création de ce concerto qui renferme l'un de ses andantes les plus émouvants, le petit oiseau meurt. Mozart en est tout retourné. Il perd un ami, un être sans défense, un *confrère* qui partageait ses joies et ses peines. La vie s'en va, et la musique perd l'un de ses enfants. Musique avec un petit *m*, mais pour Mozart petit vaut grand lorsqu'on l'écoute avec son cœur.

Le 4 juin 1787, il enterre son frêle compagnon et écrit l'épitaphe en forme de poème.

Ici repose un cher petit fou,
Mon sansonnet.

L'incipit sonne juste. Début classique, *Ici repose*, amorce académique. La suite est du pur Mozart dans ce mélange de tendresse et de fantaisie : *un cher petit fou.* Au moment de la mort d'un de ses enfants, Mozart aurait pu écrire mot pour mot la même chose. Non que sa souffrance eût été la même, mais son génie sait que ce premier vers est tellement juste dans sa pudique simplicité qu'il s'applique à la forte peine d'un jour comme à l'insupportable douleur de toujours. S'il s'agit d'un oiseau, nous sommes touchés, car c'est un chagrin d'enfant. S'il est question de la chair de sa chair, la litote suffit pour nous bouleverser.

De même Mozart n'aurait pas changé une note de son fameux air « *L'ho perduta* » des *Noces de Figaro* si, au lieu d'une épingle, Barberine avait perdu sa mère. Après tout, qui nous dit que la mère de Barberine n'est pas malade et qu'en perdant son épingle, c'est à la malheureuse qu'elle pense ? Sans cette épingle dont l'absence entrouvre un abîme, elle ne se serait pas autorisée à nous laisser entrevoir la profondeur de son âme. Nul ne sait ce qui agite un cœur blessé. En larmes devant le corps sans vie de son chat, Alphonse Boudard confia à sa femme : « Je pleure la fin de toute chose. »

Comme il s'agit d'un oiseau, mais pas de n'importe quel oiseau, Mozart le précise sobrement : *Mon sansonnet.* L'oiseleur Papageno de *La Flûte enchantée* n'aurait pas dit plus en découvrant au fond de la cage le corps inanimé d'un être chéri, qui lui avait transmis sa joie de vivre.

Ce que Mozart pleure, ce que nous pleurons avec la mort d'un animal, c'est un attachement très singulier qui s'évanouit – notre capacité d'aimer sans calcul –, mais c'est aussi un fil invisible vers le grand Tout qui se rompt. La beauté perd une bataille contre l'ombre du néant. Les eaux du Styx s'ouvrent sous la lame d'un rayon de lune et leur clapotis régulier nous rappelle à l'ordre sans loi qui régit tout ici-bas.

La suite du poème est limpide sur ce point :

Dès ses plus belles années
Il dut éprouver
La saveur amère de la mort.

En personne très sensible, Mozart sort de sa propre affliction et se met à la place de l'humble volatile qui a dû voir mourir sa mère, son père et peut-être aussi disparaître ses frères. Il le dit sans pathos, avec simplicité et réalisme, mais sans dureté.

Mon cœur saigne
Lorsque j'y pense.

Là ce n'est plus la même chose. Sans doute est-ce l'image de sa propre mère envolée pour toujours rue du Croissant à Paris qui se ravive. Mais aussi la blessure toute fraîche d'avoir perdu son père, puisque Léopold a rendu l'âme le 28 mai 1787, soit une semaine plus tôt. Le corps de l'aigle qui a construit branche à branche le nid du fils aimé des dieux et qui l'a hissé dans les hautes clartés de sa mission est encore chaud sous quelques pelletées de terre, tandis qu'au même moment, comme un signe cruel du destin, le petit être à qui il pouvait confier son tourment lui est retiré également.

Ô lecteur, donne-lui
Toi aussi une petite larme.

Oui, voyageur au cœur lourd, amoureux de la nature et de la musique, toi aussi tu as eu des deuils légers, des deuils profonds, toi aussi la mort t'attend, donc l'ami de Mozart est aussi le tien. Versons des larmes qui, mises bout à bout, formeront une chaîne d'amitié pour nous soulager des duretés de ce bas monde. Mais au fait qui était donc ce compagnon fidèle ?

Il n'était pas méchant,
Seulement un peu vif.
Et même parfois
Un cher petit espiègle,
Mais pourtant jamais un gredin.

Nous y sommes. C'est maintenant de lui qu'il parle. Les petits ambitieux se rêvent Alexandre, Hugo ou Napoléon. Les grands mages s'identifient à un moineau chétif et mort. Mozart demande pardon à son père. Il lui fait comprendre qu'il a suivi son chemin de liberté, car il est un oiseau libre et bon, un oiseau créé pour enchanter le monde avec malice, et non pour rester en cage à enrager sous la raide mesure d'un évêque borné.

Je pense qu'il est déjà là-haut
Pour me remercier
De ce service d'ami,
Ignorant encore
Que la mort l'a touché…

C'est la voix de l'innocence qui vient de remonter vers l'azur et qui palpite comme la musique du divin Mozart, car tant qu'il y aura des oiseaux dans le ciel et des flageolets dans les mains des enfants, le sifflement des sansonnets sonnera comme un souvenir radieux du soleil éternel.

*

L'inconstant Mozart avait besoin de Constance. Chateaubriand ne pouvait vivre sans Juliette.

Et même Proust comptait sur Céleste pour recoller jour et nuit les paperolles et les béquets de son Albertine disparue puis retrouvée… C'est aussi ça le génie : la hauteur ici-bas dans les moindres détails, conjugaux, sensuels ou domestiques.

*

Rentrant d'une tournée à Paris, dix ans avant le déclenchement de la Révolution française, Mozart proclame en musique les principes de Liberté, Égalité, Fraternité sans verser une seule goutte de sang. Dans son admirable *Symphonie concertante pour violon, alto et orchestre K 364*, il imagine en effet un dialogue rayonnant, d'égal à égal, entre le noble violon et l'alto plébéien. On pense à la conversation amicale rapprochant le marquis de La Chesnaye du braconnier Marceau dans *La Règle du jeu* de Jean Renoir. Mozart ne commet pas l'erreur de supprimer toute hiérarchie au sein de l'orchestre qui accompagne et ponctue le lumineux échange, car la force du symbole est suffisante sans qu'un égalitarisme naïf n'entraîne le chaos avant l'inévitable retour à l'ordre. Montrant l'exemple, Mozart jouait la partie d'alto en un geste de vraie noblesse de cœur dont le violoniste russe David Oïstrakh renouvela l'esprit en laissant son fils Igor, moins grand virtuose, tenir le violon face à lui.

Trois ans avant la prise de la Bastille, en 1786, le compositeur viennois imagine comme deuxième thème de son *Concerto pour piano et orchestre en do majeur n° 25* une mélodie qui ressemble furieusement à l'air du couplet de *La Marseillaise.* Habile plagiat de Rouget de Lisle ? Divine anticipation de Mozart ? Coïncidence ? Comme le thème mozartien est en mineur et qu'il assombrit subitement le discours de son œuvre, c'est à croire que le musicien prévoit déjà la désillusion, et accroche par avance un lambeau de crêpe noir au coin du drapeau tricolore.

*

Arnold Schönberg, le révolutionnaire qui coupa la tête du système tonal, reconnaissait Mozart comme l'un de ses maîtres. Il lui avait appris, disait-il, « l'art des phrases de longueurs inégales » ainsi que « l'art des idées secondaires ». Cuisine de compositeur.

Pour nous, simples auditeurs éclairés, Mozart est l'aube d'un nouveau matin. Bach représentant, lui, le col élevé séparant le monde ancien de la vallée de l'avenir. Sans sa géniale synthèse, il nous serait beaucoup plus difficile de nous familiariser à la musique qui le précède. Tout change au XVIIIe siècle avec Haydn et Mozart. Le monde nouveau est en marche.

Peut-on écrire comme Mozart ? Et pas seulement composer comme Mozart. Penser et sentir comme Mozart, aimer comme Mozart ! Car il est un maître à penser autant qu'un maître à danser. Encore qu'épouser le mouvement de Mozart rend superflu tout concept et suffit pour comprendre le monde avec grâce.

L'un de ses enseignements les plus précieux consiste à relier ce qui apparemment semble éloigné et appréhender les contraires comme appartenant à la même énergie. Ainsi tout devient simple avec le minimum d'efforts. Le pianiste Edwin Fischer, grand interprète de Mozart, rapprochait sa « philosophie » des idées de Lao-tseu :

Voir ce qui est grand comme si c'était petit
Voir ce qui est loin comme si c'était proche
Voir ce qui est nombreux comme si c'était réduit
Voir ce qui est mauvais comme si c'était bon.

De cette manière, en écrivant « des phrases de longueurs inégales », l'édifice tiendra quand même. Puisque *long* et *court* se confondent. Il peut aussi créer « des idées secondaires » qui valent les idées principales selon l'éclairage et notre implication.

Est-ce à cause de la suprême harmonie qui caractérise la musique de Mozart que les chats dans leur grande sagesse l'ont élu comme leur musicien préféré ?

Je retrouve sa trace dans la naïveté sentimentale des Provençaux que Marcel Pagnol a si bien perçue et dont il a révélé la noblesse naturelle sans chercher à l'ennoblir, comme Mozart révèle la noblesse de l'homme de son temps – et l'âme humaine de tous les temps – sans l'édulcorer. Je la retrouve dans les yeux de ma mère qui lutte, qui souffre et qui rit facilement, car rire d'un rien réconcilie avec tout. Elle aime le parfum des fleurs, les âpres douceurs de la musique et les qualités de cœur. J'entends le souffle de Mozart dans la voix de ma mère comme je vois la flamme de l'amour dans les yeux de ma petite Margot.

*

Mozart invente ce qui semble avoir toujours existé. Sa musique est comme la mer ou les étoiles du ciel, on pourrait presque passer devant sans les remarquer, mais si l'on s'arrête, on se dit qu'il est doux de vivre. Michel Bouquet a écrit quelque part que Mozart et Molière étaient traversés par le même souffle. La réalité domestique, l'imagination poétique et la mathématique cosmique s'y disputent en parts égales et toujours solidaires.

Ainsi le « Menuetto » du *Quintette en do majeur K 515*, mon préféré des six quintettes à cordes de Mozart, celui qui a inspiré Schubert pour son propre *Quintette en do* avec deux violoncelles. Le violon et l'alto sont comme Suzanne et la Comtesse qui ont échangé leurs vêtements dans la clarté lunaire d'une allée de marronniers.

Ça commence comme une fièvre sourde, ça commence mais ça ne démarre pas. Les ombres se frôlent, les idées tournent en rond, rien ne se passe, tout est gris, nerveux, palpitant, indéfini. Quel étrange menuet ! Rien de galant. On croit sentir l'haleine de la mort comme une prédiction qui rampe et cherche ses proies innocentes. Mais ce pourrait être aussi l'ennui du quotidien, le cycle morne des choses qui vont et viennent sans avancer, le tourbillon plaintif des feuilles d'automne.

Et puis, soudain, un rayon de soleil en *fa* majeur crève le nuage lourd en un chant déchirant et libérateur. C'est simple et inattendu comme le « Voyons cela » d'Argan à la fin du *Malade imaginaire* qui contredit en deux mots toute la construction mentale du personnage et qui ne cesse de fasciner Michel Bouquet. Toinette lui dit à la fin de la pièce : cessez de tyranniser votre monde et devenez médecin vous-même en apprenant trois mots de latin. Argan acquiesce et ce revirement témoigne d'une intuition géniale de l'auteur. De la même façon, Mozart sort sans transition de son dédale de notes, se hisse à l'air libre à l'aide d'un quintolet et nous dit : « Voyons cela » en *fa* majeur. Voyons quoi ? Eh bien la vie, la mort aussi, et puis l'amour qui fait mal, l'angoisse qui nous tenaille, mais *voyons cela* avec intérêt et curiosité.

Non, il n'est pas toujours doux de vivre, mais il est possible de rester léger, souriant, les yeux ouverts.

Traversé d'un doute, je cherche la lettre des chiens de race en 2016 (l'année où j'écris ce livre). C'est une année en M. *Le site consulté conseille d'appeler son animal favori : Maestro, Merlin, Milou, Mirza, Mowgly ou Mozart. Appeler son chien Mozart ou Molière ! Vous imaginez : « Mozart au pied » ou « Debout Molière ! ».*

J'établis un barème. M *en début de mot est un temps fort,* m *à l'intérieur du mot est un temps faible. Il y a aussi les* m *cachés, ceux qu'on n'entend pas mais qui comptent ; comme dans « compte », justement. J'attribue trois points au* m *en début de mot, deux points au* m *médian, un point au* m *muet.*

Personnellement, je suis sauvé par la grâce de mon patronyme : Bellamy (2 points). C'est mon jansénisme à moi. Mais le nom de famille de ma mère contient aussi un m caché qui m'aurait rattrapé au cas où (c'est mon côté jésuite) : Humbert (1 point). Mon amie Stéphanie Argerich n'a pas de m, vais-je la rayer de la liste de mes relations ? Et là, elle m'annonce que sa mère a pensé à tout : son deuxième prénom est Carmen. Sauvée ma belle !

Yohan n'a pas de m dans son nom, et pourtant c'est l'un de mes amis les plus proches. Alors est-il damné ? Heureusement, son idéal masculin (pour parler comme Demy), son grand marin blond s'appelle Marc, la rédemption par l'amour.

Françoise Hardy et Jacques Dutronc (pas de m) seraient-ils encore ensemble sans Thomas ? Françoise a aussi hésité avec Guillaume. Dans les deux cas, 2 points ont sauvé leur hyménée et leur famille. Et Brigitte Bardot, aurait-elle tenu sans La Madrague et ses animaux ?

Et qu'adviendrait-il de l'humanité si les mères cessaient de chantonner des comptines à leur progéniture ?

Maman et moi

« Ah ! vous dirai-je maman
Ce qui cause mon tourment. »

Quand nous étions petits, mes frères et moi, et que je me plaignais de n'avoir pas de vêtements à la mode au lieu des pantalons en velours vert bouteille, des sous-pulls en acrylique marron achetés à Prisunic une fois l'an ou des pulls criards, tricotés maison et distendus façon robe, ma mère répondait invariablement d'un ton théâtral : « Je ne veux pas que vous soyez comme les autres. Je veux que vous soyez mieux que les autres. » Méprisant la dictature des marques qui naissait tout juste à l'école, elle aurait aimé que nous arborions nos habits bon marché avec la fierté de l'esprit insoumis à la superficialité hideuse de la société de consommation. Pour moi, la façon dont j'étais habillé trahissait sans équivoque le fait que ma famille était pauvre, ce qui me remplissait de honte. Mon conformisme bourgeois dénué de sens politique désespérait ma mère qui répétait vouloir que nous soyons « mieux que les autres », ajoutant qu'on la remercierait plus tard. Elle ne disait pas « j'aimerais » ou « je voudrais » mais « je veux », formulation qui nous était interdite, à nous les enfants, quand nous réclamions du chocolat ou des sous pour aller à la piscine. Un souhait exprimé de façon comminatoire et la réplique fusait : « On ne dit pas *je veux*, même le roi disait *nous voulons.* » *Je veux* était réservé à maman. Même Dieu n'a pas osé franchir cette extrémité dans les Dix Commandements.

Pour être distingué de mes frères et pour ne pas, lors des repas de famille, être placé systématiquement à la « table des enfants » où les conversations m'intéressaient bien moins qu'à celle des adultes, j'ai tenté de faire valoir *mon droit d'aînesse.* Ce privilège qu'Ésaü vendit imprudemment à son frère Jacob contre un plat de lentilles, cette légitimité qui sut préserver la pérennité et le lustre de la Maison de France durant des siècles, ce me fut refusé sans un mot d'explication. Ma famille était bien trop marquée par les idées libertaires qui se propageaient jusque dans les campagnes au cours des années 1970 et qui finirent par porter au pouvoir un vieil homme malade issu de la droite charentaise pour répondre aux aspirations progressistes de la jeunesse.

Lorsqu'elle était enfant, ma mère, désireuse de ne pas être assimilée à la marmaille de sa nombreuse fratrie, avait prétendu qu'elle était la fille de la princesse de Chine enlevée par des Romanichels et vendue à ses parents contre la promesse de taire ses nobles origines. Mais, devenant *parent* à son tour, elle n'entendait plus reconnaître une loi d'exception dont elle avait durant tant d'années exigé l'application pour elle-même.

Le droit d'aînesse n'ayant pas fonctionné, j'ai fait valoir une autre argutie entendue par hasard ou lue dans un livre et dont, à dire vrai, je distinguais mal les implications, mais dont j'aimais la couleur sulpicienne : le « soutien de famille ». Non seulement cette distinction qui m'apparaissait juste et mesurée fut rejetée dans l'instant, mais un rire général en salua l'absurdité au point de devenir une plaisanterie familiale récurrente.

J'ai donc continué, à mon grand désespoir, à me coucher aussi tôt que mes frères et à ne jamais bénéficier, humiliation suprême, d'un soir supplémentaire pour regarder la télévision la veille d'un jour d'école. Jusqu'au baccalauréat, seuls le mardi et le samedi soir m'étaient permis. Un soir, j'essayai de contourner l'interdit en regardant un film depuis l'escalier où je m'étais recroquevillé, mais la chaîne diffusait *Les Fraises sauvages* de Bergman devant lequel je m'endormis et, ma ruse éventée, je fus puni. Un autre soir, je prétextai la préparation d'un exposé sur la Résistance pour être autorisé à voir *L'Armée des ombres* de Melville. Mais ma mère n'en crut pas un mot et me rappela que j'avais tout le loisir de lire Jean Lacouture.

Curieusement, sur ce plan, j'étais « comme les autres », c'est-à-dire partageant strictement les mêmes droits que mes deux frères plus jeunes que moi, en vertu d'un égalitarisme qui continue de me faire horreur. En revanche, vis-à-vis de mes camarades de classe, je devais mettre un point d'honneur à n'être « pas comme les autres ». Déconcertante logique maternelle.

D'une manière inattendue, j'aurai réalisé son vœu au-delà de ses espérances, ce qu'elle n'a pas dû manquer de se reprocher par la suite, tout en me soupçonnant de l'avoir prise au mot uniquement pour la faire enrager, mais inutile de jeter du sel sur une plaie encore à vif. Quant à la seconde partie du viatique désigné – *mieux que les autres* –, c'est un piège, un supplément de dernière minute à l'esprit de compétition déjà bien assez pourvu, quelque chose à se rendre malheureux ou infect, ou les deux.

Elle aurait pu dire « différent », et c'est probablement ainsi qu'elle l'entendait, mais la langue des mères dépasse parfois leur pensée dès qu'il s'agit de velléité éducative. Et puis, ça ne se décrète pas d'être différent. L'étais-je ou le suis-je devenu ? Suffit-il d'y croire pour le devenir ? Tenir bon à sa singularité est un long chemin semé d'embûches, mais accepter sa part de banalité est tout aussi difficile puisqu'en travers de la route on se trouvera toujours face à cette injonction maternelle fondamentale : « Je ne veux pas que vous soyez comme les autres. »

Toute ma vie, j'ai reproché mille choses à ma mère. Pendant de nombreux repas familiaux, elle a dû encaisser mes récriminations sans broncher. Sans broncher n'est pas exact. Elle en plaisantait d'abord, plaidait sa cause, se révoltait, puis finissait par hausser les épaules, en étant parfois au bord des larmes. Bien sûr, je m'en voulais affreusement de n'avoir pas su résister à l'impérieuse nécessité de défier en public cette femme puissante et fragile. Mais j'avais des circonstances atténuantes. D'une part, je voulais être aimé de ma mère, pas forcément de manière exclusive, mais d'une manière singulière, significative et si possible publique. D'autre part, je ne supportais pas l'autorité de mon père. Deux sentiments qui me traversaient à part égale et qui pour mon malheur se contrariaient en se fondant dans la même personne.

Si je martyrisais ma mère ou si je la faisais rire (car je la faisais souvent rire), c'était pour occuper la première place de ses préoccupations.

Comme j'en voulais toujours plus et qu'elle ne se laissait pas dominer, ça rendait la partie toujours difficile et intéressante. Si elle m'avait cédé, si j'avais été sûr d'avoir tout son amour, je n'aurais pas été plus heureux, car nul besoin de lire Oscar Wilde pour savoir qu'à la tragédie de désirer en vain se substitue une autre tragédie plus cruelle encore : celle d'être exaucé. Mais ma mère ne se serait jamais abaissée à aller contre tous ses principes cardinaux. Elle s'est contentée de dire : « Entre Olivier et moi, ce fut un amour impossible. » Martha a utilisé la même expression pour définir sa relation avec Chopin ; le résultat étant loin d'être honteux, tous les espoirs sont donc permis.

Quand j'ai partagé avec ma mère mon impression de ne pas avoir été assez aimé, elle m'a répondu : « On ne peut donner que ce qu'on a reçu. » En effet, elle souffrait aussi de n'avoir pas été assez aimée par sa mère qui nourrissait les mêmes griefs vis-à-vis de la sienne en une chaîne infernale.

À son crédit, ma mère n'a jamais véritablement marqué de différence d'affection entre ses trois enfants, si l'on excepte le bonus de tendresse accordé au petit dernier au motif (très contestable) qu'il serait le plus faible. Mais peut-être que le manque affectif génère une certaine indépendance d'esprit, même si ce système de défense s'accompagne d'un sentiment de solitude qui ne s'éteint jamais et qui se réveille quand le jour baisse ou que le travail s'achève.

Dans une famille, l'aîné est celui sur lequel repose toute l'ambition parentale. Il a donc un devoir de conquête et de responsabilité jamais assouvi, quand bien même il développe des stratégies pour s'y soustraire. Il souffre généralement d'un déficit d'amour – ou plus exactement de marques d'amour – qui lui fait poursuivre inlassablement une étoile lointaine, sans un regard pour les lunes apaisantes qui peuplent son chemin et sous lesquelles il trouverait la douceur qui lui fait défaut.

Le second a un devoir d'équilibre. Il donne le change pour faire croire qu'il maîtrise ce destin tout aussi difficile, mais c'est un grand angoissé. On peut toujours compter sur cet être plus complexe qu'il n'y paraît et qui n'a de cesse de dissiper l'ombre dans laquelle l'a placé son égocentrique d'aîné. Couvert d'amour de manière invraisemblable et mal préparé à la dureté du monde réel, le benjamin de la famille ne doute jamais. C'est sa force pour exister au monde et sa faiblesse au regard de ses aspirations qui peinent à se concrétiser. Il se sait génial et fuit le monde qui ne l'entend pas de cette oreille.

La compétition est le poison de l'aîné, mais ce poison, ses frères l'auraient volontiers partagé, disent-ils. Ne serait-ce que par mithridatisation, pour éprouver leur capacité de résistance. Personne n'est content de son sort. Résultat : « Tout le monde est malheureux », chante Gilles Vigneault.

Quand je suis parti de la maison et qu'elle a eu un petit copain, ma mère a souvent dit : « Jamais je n'aurais pu, tant qu'Olivier était là. » Cette reconnaissance de mon pouvoir sur elle m'a rassuré. Je l'ai pris également comme une victoire sur mes frères, puisque, enfin, j'étais distingué. Mais il fallait aussi l'entendre comme une dénonciation de mon caractère tyrannique.

Un jour, mon père et ma mère sont entrés dans ma chambre. J'avais neuf ou dix ans.

C'était un dimanche matin, je crois. Agitée intérieurement, articulant avec trop d'affectation pour que son calme apparent soit réel, ma mère m'a demandé : « Si nous divorcions, ton père et moi, avec qui choisirais-tu de venir ? » J'avais deux enfants au pied de mon lit. Ainsi j'étais leur pomme de discorde. Le jouet qu'ils se disputaient de bon matin. Il fallait savoir : la veille, j'étais un sale gosse qu'on allait mettre en pension si ça continuait, et là je devenais la précieuse Jérusalem sommée de statuer sur mon sort en apportant mon suffrage et mon ralliement exclusif à l'une des deux factions en lutte pour ma gouvernance.

J'ai répondu : « Je ne sais pas », me plaçant prudemment sous mandat international. Ils sont sortis aussitôt, me laissant seul avec mon désespoir. Mon père affichait l'air satisfait de celui qui a réussi à temporiser en bloquant la négociation. Effondrée, ma mère m'en a voulu. Tout en admettant qu'ils y avaient été un peu fort en m'imposant un tel ultimatum, elle m'expliqua plus tard qu'elle avait vécu mon statu quo comme une gifle. De mon point de vue, il n'y avait pas l'ombre d'un doute : Jérusalem appartenait à sa mère, la glorieuse Israël, mais qu'avait-elle besoin d'utiliser la force pour humilier le plus faible de ses proches ? Foulant aux pieds tous les principes humanistes qu'elle m'avait enseignés. Et s'ils étaient revenus à la charge, celui qui avait planté mon rameau sur une terre portant son nom et celle qui l'avait développé avec courage et intelligence, j'aurais voté une résolution favorisant mon père contre ma mère. Car elle n'avait nul besoin de me coloniser pour savoir que je lui appartenais tout entier. D'une certaine manière, j'étais bien le fils de ma mère puisque j'agissais exactement comme elle aurait agi à ma place : prenant par principe la défense du plus faible au mépris de mes intérêts et préférant demeurer affranchi de toute tutelle.

Mon père et ma mère se disputaient sans arrêt à mon sujet. Dès que mon père ouvrait la bouche pour s'adresser à moi, ma mère lui déniait toute autorité. C'est vrai qu'il s'y prenait si mal. Il était fait pour être père comme Dieudonné ministre de l'Intérieur et des cultes. Ma mère ne lui passait rien. Il s'empêtrait dans les concepts éducatifs raides et abstraits qu'il tentait de m'inculquer, comme s'il expérimentait d'antiques formules oubliées. Ma mère avait beau jeu de lui renvoyer ses grimoires poussiéreux à la figure. Elle lui opposait fermement des dogmes éducatifs modernes dont elle ignorait qu'ils seraient contestés et balayés à la génération suivante.

Toujours sur la sellette, ballotté entre deux visions de moi-même dont je sentais bien que les véritables enjeux me passaient au-dessus de la tête, j'ai probablement dû essayer d'y trouver mon compte, car je n'avais pas l'âme d'une victime. Sentant que je sortais de mon statut de rat de laboratoire pour entamer mon destin de chat libre et joueur, attaché à sa maison mais n'hésitant pas à griffer pour être entendu, mon père prétendit que j'étais le diable en personne.

Il me semblait moi que je voyais le monde à travers les yeux de ma mère. Je sentais tout ce qu'elle sentait. Si l'on me disait que je lui ressemblais, la joie faisait rosir mes joues. Si l'on me trouvait une ressemblance avec mon père, je me rembrunissais. Elle était la force, la finesse, la beauté. Il n'était que faiblesse. Je m'opposais aussi à ma mère, mais si quelqu'un avait émis la moindre remarque contre elle, j'aurais été capable de le buter sans sommation.

Un jour, en camping, j'étais couché dans ma canadienne, quand j'ai entendu ma mère se disputer avec mes oncles. La sentant en danger, j'ai sorti la tête de mon duvet et j'ai hurlé de ne pas toucher à ma mère. Le tumulte a cessé, les voix se sont tues, il y eut quelques rires étouffés… Le lendemain, tout le monde fit comme si rien ne s'était passé. C'est un souvenir très vif de mon enfance. J'étais un peu comme la Marnie de *Pas de printemps pour Marnie*, l'un de mes Hitchcock préférés. Quand elle dit : « Ne faites pas de mal à ma maman », je m'identifie à elle, à sa folie, bien que je ne sois ni blonde ni pick-pocket. Tout bien considéré, il n'est pas impossible que je sois aussi givré qu'elle.

Je m'identifie aussi à Xavier Dolan dans *Comment j'ai tué ma mère*, surtout le passage où le fils hurle sur sa mère parce qu'elle sifflote « pour faire semblant d'être à l'aise ». Ma mère chantonne sans vraie mélodie et ça me tape sur les nerfs. Mais comment le dire autrement qu'en hurlant ? Hurler est presque une délicatesse, parce qu'on ne peut pas dire calmement à quelqu'un d'arrêter de faire semblant d'être heureux, surtout à sa mère.

Quand mon père est tombé malade, je me disputais toujours avec mes frères. À tel point que ma mère m'a mis en pension. Mes camarades ne comprenaient pas pourquoi je devenais interne au CEG de La Loupe, alors que je vivais dans cette ville où mes frères étaient aussi scolarisés. Normalement, n'étaient internes que ceux qui habitaient la campagne. Ma mère avait supplié le directeur de m'accepter en cours d'année. Il a fallu que j'invente un mensonge, moi qui ai toujours eu une sainte horreur de me justifier et surtout de risquer d'être plaint. On m'a regardé comme une bête curieuse, mais ça j'en avais l'habitude. Quand ma mère m'a accompagné au dortoir avec ma petite valise, c'était un mercredi soir, les autres pensionnaires se trouvaient en salle d'étude. Jusqu'à la dernière extrémité, je n'y croyais pas. Je me disais qu'elle prendrait finalement conscience de l'absurdité de la situation, de la dureté de la punition, qu'elle me prendrait dans ses bras en pleurant et que nous rentrerions à la maison. Mais elle m'a laissé là.

Et je m'y suis fait, car un enfant se fait à tout. Et je n'y ai pas été si malheureux que je l'avais craint. Sauf que le matin très tôt, je me réveillais souvent trempé, car j'avais fait pipi au lit, ce que je m'évertuais – Dieu sait comment – à cacher. Je redoutais le moment où quelqu'un s'en apercevrait et se moquerait de moi. J'attendais avec impatience de rentrer à la maison et, lorsque j'arrivais enfin chez moi, ce n'était plus vraiment chez moi, je n'y avais plus ma place. Je me disputais derechef avec mes frères et faisais enrager ma mère. Me doutant qu'ils devaient attendre impatiemment mon départ et pousser un soupir de soulagement le lundi matin.

Un jour, lors d'un repas de famille, ma mère a expliqué la relation spéciale qui la reliait avec moi, certifiant que le jour où je suis né avait été le plus beau de sa vie. Tout a changé à la naissance de mon frère. L'arrivée d'Isaac chassa Ismaël de la maison d'Abraham. Se préparant comme un sportif de haut niveau à ce nouveau défi, ma mère me confia à sa mère dès les premières contractions. J'errai donc trois ou quatre mois dans le désert de l'amour. J'adorais ma grand-mère, mais je ressentis la naissance de mon frère comme une exclusion ; j'ai failli écrire : une excision. Je demandai à ma grand-mère si je pouvais l'appeler « maman ». Elle en fut très fâchée et me dit : « Non ! Ta mère, c'est ta mère. » Deux fois j'étais repoussé, et par les deux personnes les plus importantes de ma vie.

Plus tard, ma mère reconnut avoir commis une erreur. Ainsi je n'étais pas seul responsable de mon malheur, et j'avais quelques excuses d'avoir développé un attirail de défenses aussi agressives.

Une autre fois, elle me confia à l'une de ses amies dont le mari était bègue. Imagine-t-on ma torture, moi qui l'étais aussi, de passer du temps avec eux. De le voir s'exprimer avec difficulté sous le regard patient de sa femme et de me sentir comme un prolongement de ce monstre. Comment ma mère avait-elle pu se montrer aussi peu psychologue, elle qui sentait tout ?

Sur mon piano, j'ai une photo de mon père qui regarde l'objectif en riant, un bras protecteur sur les épaules de ma mère qui me couve des yeux alors que ma petite bouille n'occupe qu'un tout petit coin en bas à droite du cadre. Seul mon père a l'air heureux.

Mon jeu préféré était d'attirer l'attention de ma mère par tous les moyens. Petit à petit, j'ai fait toutes les bêtises du monde afin d'être le point de mire général. Elle répétait que j'aimais qu'elle me batte pourvu qu'on s'occupe de moi. J'ai le souvenir très net d'avoir abusé de la situation.

Récemment, maman m'a rappelé un mot blessant que j'avais eu à son endroit. Dans une de ses chansons, Léo Ferré (son chanteur préféré) dit ou plutôt gueule : « On ne peut plus aimer sa mère sans passer pour un pédé. » Ne comprenant pas ce raccourci, j'ai demandé des éclaircissements à maman qui m'a expliqué que les homosexuels aimaient bien leur mère. Pour la taquiner, j'ai dit : « Eh bien, je ne risque pas d'en être un, moi. » Je trouvais chic de ne pas aimer sa mère à cette époque, chic et distingué. Je l'appelais « chère mère » avec détachement et ennui.

Quand ma mère, longtemps après la mort de mon père, eut un petit ami qui la tourmentait sans cesse sitôt que ses enfants venaient lui rendre visite et qui s'évertuait à capter son attention, devant moi qui en avais breveté le procédé, l'arrachant à nous qui n'avions qu'un jour ou deux pour la voir, elle cessa de m'intéresser. Autant face à mon père, elle était combative, puissante, autant face à ce vieux gamin à peine plus âgé que nous, elle devenait faible, coopérative dans son désir de lui chercher querelle, ou silencieuse et fuyant le conflit au premier éclat de voix. Le jour où elle prit sa retraite du métier exténuant d'infirmière, ils ont rompu à l'amiable et elle est partie vivre à Saint-Brévin-les-Pins, ville qui m'a tout de suite plu, car c'est là que Prokofiev a composé son magnifique *Concerto n° 3* que Martha joue de façon incomparable.

J'ai admiré ma mère d'avoir eu la force de partir ainsi à l'aventure, dans un lieu où nous n'avions pas d'attaches, et de couper sagement un lien qui, s'il la préservait de la peur de la solitude, lui donnait le sentiment d'être encore plus seule. Je lui ai alors dit que vieillir ne me paraissait plus aussi insurmontable que je l'avais craint depuis que je l'avais vue vivre dans sa petite maison au bord de la mer. Elle ne répondit rien, et je sentis que cet hommage l'émut.

Mais j'ai toujours du mal à lui témoigner mon affection. Quand nous nous embrassons, il me semble que chacun reste raide de peur d'essuyer une rebuffade et que nos lèvres se contentent d'une vague moue, preste, évasive. Une fois, maman a déclaré lors d'un repas de famille, la voix éraillée par l'émotion : « Olivier ne me regarde jamais dans les yeux. » Je la fuyais du regard, comme si la regarder c'était la désirer, et l'on ne peut pas désirer sa mère, non ?

Et puis maman s'est mise à vieillir tout doucement et je ne l'ai pas supporté. Si elle oubliait un mot, je perdais patience, soulignant sans pitié cette absence momentanée, si elle se trompait de route en voiture, je levais les yeux au ciel en un soupir exaspéré et si, pour m'appeler, elle citait d'abord le prénom de mes frères, je poussais des cris. J'étais odieux et je m'en voulais. J'avais peur de la voir diminuée, ma mère que mes copains de classe ont longtemps prise pour ma grande sœur.

Mais elle a encore été étonnante. Ayant trop froid en Bretagne, elle a décidé de s'installer dans le Midi, elle a vendu sa maison et s'est acheté un ravissant petit appartement près d'Aix-en-Provence. Chaque jour, elle fait des balades dans la campagne, elle prend des insectes en photo et réalise de petites œuvres d'art. S'inquiétant que je n'aie toujours pas un sou de côté, à mon âge, elle m'a forcé à acheter à crédit un appartement à côté du sien, pour y passer mes vieux jours, dans un pied de nez à la chanson de Léo Ferré.

C'est à ce moment-là qu'un de mes amis a souffert d'une dépression nerveuse qui l'a abstrait du monde pendant quelque temps. Son surnom dans notre groupe d'amis étant « maman », j'ai alors fait un drôle de transfert et reporté la haine que je ne ressentais plus pour ma mère en malmenant « maman », m'occupant (jusqu'à le tyranniser) de cet ami dont la maladie mentale me rappelait celle de mon pauvre père. Je l'ai secouru en le rudoyant avec un sens du devoir transmis en héritage et dont je ne sais toujours pas s'il est meilleur ou pire que la distance raisonnable.

Je cherche à savoir si l'Académie n'en est pas à la lettre M *dans son dictionnaire. J'appelle*

Jean-Marie R. qui m'apprend que les travaux se situent entre Y et Z. Raté, mais il m'informe en outre que M *était la lettre de son entrée à l'Académie et que le premier mot qu'il a eu à définir était « méticuleux », ce qui l'a fort désappointé. « Michel Déon avait eu "étreinte", vous vous rendez compte ? » se lamente-t-il. Jusqu'où va se nicher la jalousie, ce « monstre aux yeux verts », précisément, chez nos chers immortels à l'habit assorti.*

J'entretiens Benoît de mon obsession pour M. *Il m'écoute poliment et me signale que la plupart des héros des romans de Beckett sont en* M *: Molloy, Moran, Malone et Mahood (L'Innommable)... Peut-être à cause de Molly Bloom de Joyce, l'autre géant irlandais.*

Un mois après notre conversation, je reçois le nouvel opus de Benoît qui pullule de M. *Il feint l'étonnement quand je lui en touche un mot et pourtant ça commence avec Madeleine Milhaud, ça se poursuit avec Mario Monicelli, ça parle de « mise au monde », de « mise à mort », de musique et de monastère. Pourquoi pas la Montagne magique tant qu'on y est ! Ou un récit circonstancié de la maladie de mon chat !*

Un hiver avec Margot

« Et j'entends le clapotis
Du bassin qui se remplit
Oh mon Dieu que c'est joli
La pluie. »

Négligeant ses rituels et dédaignant nos appels, Margot semble très fatiguée ce matin. Yohan dit : « C'est bizarre. » Je réponds : « Elle a un cancer, il n'y a rien de bizarre. » Le principe de réalité angoisse la moitié de l'humanité alors qu'il aide l'autre moitié à se structurer. Pour simplifier, on a décidé d'appeler « gentils » les premiers et « méchants » les seconds. Il n'y a pas forcément urgence à se répéter sans cesse que nous ne sommes pas éternels, mais le rappeler de temps à autre ne devrait pas forcément relever de la liste des comportements déviants.

Vers midi, Margot se pelotonne sous la lampe de bureau. Levant les yeux de mon ordinateur, je surprends un regard d'une tristesse abyssale. À moins que les chats ne soient comme la musique : tristes quand on est triste et gais quand on est gai. Je donnerais un bras pour qu'elle ne souffre pas. Qu'on me laisse un bras pour écrire et que le gauche me soit arraché pour lui rendre la quiétude. Et avec un peu de chance, je parviendrai peut-être à écrire comme Cervantès.

Dans l'après-midi, Margot vient deux fois dans mes bras. Elle en profite, la petite Messaline. La voilà sous la lampe, entrouvrant les yeux où je jurerais lire une nuance de moquerie : « Encore en train d'écrire, mon pauvre vieux. » Sait-elle que j'écris sur elle ? Dans ce cas, elle fait sa coquette. Et que je me lèche la patte avant de me la passer sur l'oreille, signe annonciateur de mauvais temps dans *Les Contes du chat perché* du délicieux Marcel Aymé.

Si Margot ne plaisante pas avec son espace vital, la brave Sophie n'a pas de territoire. Elle veut simplement qu'on respecte son obésité en la gavant de croquettes. N'allez pas lui faire la morale, elle n'entend rien à cette nouvelle diététique qu'elle assimile à du sadisme. « Cinq fruits et légumes par jour » sonne à ses oreilles comme une citation de Pol Pot. Sait-elle que Margot est malade ? Elle qui l'a connue toute petite, qui lui a d'abord craché dessus le jour de son arrivée avant de l'adopter comme sa fille, puis de l'ignorer dès qu'elle n'a plus songé qu'à se goinfrer. Peut-être la trouve-t-elle plus sympathique depuis qu'elle ne représente plus une rivale à l'heure du dîner.

Sophie a engraissé après être tombée du cinquième étage. Depuis ce jour, elle semble s'être dit : j'ai failli y passer, la vie est trop courte, ce sera bouchées doubles à partir d'aujourd'hui. Bonne fille, elle a appris à Margot à ne pas jouer au funambule sur la barre du balcon : « Descends ! Tu veux finir comme moi, grasse comme une vache ? » Margot a compris la leçon. Nous pensions que la « grosseté » (comme dit un de mes amis tunisiens) aurait raison de ses artères, mais c'est Sophie qui pourtant enterrera sa sœur.

Cette nuit, Margot n'a pas dormi avec moi. Elle s'est couchée au beau milieu du lit une fois que j'en suis sorti.

J'ai fait un rêve étrange que je revois par lambeaux. Je suis en train de préparer un taboulé chez ma mère qui entre dans la cuisine et dit : « Tiens, il y a Henry Chapier à la télévision. » (Je précise que ma mère ne dit jamais ce genre de phrases idiotes qu'on dit pour ne rien dire, et puis chez nous la télévision n'était jamais allumée sans qu'on regarde quelque chose de précis, ma mère aurait trouvé ça trop vulgaire.) Comme j'ai fini de préparer le taboulé (que sans me vanter je réussis toujours mieux que ma mère qui se trompe toujours, oublie le citron, la menthe, utilise de la semoule trop fine ou du boulghour trop gros), je pars traîner dans les bars, je ne me souviens plus lesquels mais du genre où normalement on n'emmène pas sa mère (je sais que certains le font, mais personnellement j'ai toujours trouvé ça d'une modernité suspecte). En rentrant, je vois ma mère sur le bord de la route, immobile, le regard fixe, sa voiture en miettes. Je lui demande : « Que s'est-il passé maman ? » (C'est le côté mauvais théâtre des rêves : votre mère est en sang dans le fossé et vous lui parlez comme si on rentrait de la plage.) Elle ne répond rien, mes jambes se dérobent et je m'écroule en pleurant. (Inutile de le nier, j'ai toujours eu un goût plus ou moins avoué pour le mélodrame.) C'est alors que mes larmes lui font recouvrer ses esprits, elle s'approche de moi et me prend dans ses bras, je me souviens que par maladresse (ce n'est pas un geste si naturel dans notre famille, mais il est vrai qu'elle n'est pas dans son assiette) elle me met les mains sur les fesses et que c'en est un peu gênant, mais je n'ose la repousser, alors je continue de pleurer et elle m'essuie les yeux en remarquant que du noir a coulé sur mes joues. Comme toutes les choses ont une fin, je me réveille.

J'ai toujours fait en sorte d'être indépendant, de ne rien devoir à personne et de me sentir libre de toute obligation. Pas si simple.

Aux obsèques de Richard Strauss qui ont eu lieu en 1949 à Garmisch-Partenkirchen, le jeune Georg Solti a dirigé le sublime trio final du *Chevalier à la rose* et Pauline, sa veuve, cantatrice et muse qui lui a survécu quelques mois à peine, s'est mise à pleurer abondamment. Il faut dire que ce trio est si beau que même pour les funérailles d'Hitler tout le monde aurait eu la larme à l'œil. Comme c'était une femme de fort tempérament, elle a hurlé de douleur et demandé au chef d'orchestre pourquoi un homme qui avait composé une telle musique devait mourir un jour. Réaction d'une adorable candeur car l'œuvre de Richard Strauss suffit à le rendre immortel, et contestable puisque ça sous-entendrait presque qu'un homme sans talent peut bien mourir à l'heure et même un peu avant.

Évidemment Margot n'a rien composé, mais je pense néanmoins comme Pauline. Je sais que c'est une pensée affreuse mais c'était au tour de Sophie de mourir, pas de Margot. Cela fait-il de moi un salaud ? Je me souviens d'une discussion que nous avions eue en classe de troisième avec notre professeur Mme Merlio. Il était question d'un chasseur se trouvant nez-à-nez avec un cerf et un faon. Je défendais l'idée selon laquelle, à choisir pour choisir, il valait mieux tuer le père, qui avait déjà bien vécu, que l'enfant. Un concert de protestations indignées avait salué mon froid raisonnement. Je n'arrive toujours pas à comprendre pourquoi. Bien sûr que le choix est délicat, mais c'est quand même plus juste.

Toute idée en amenant une autre, je me demande si j'ai été bien sincère en prétendant choisir d'emporter mon chaton Heathcliff « parce qu'il était plus faible », au moment de quitter Angers pour Paris, plutôt que ma vieille chatte Pelléas que j'adorais, mais qu'il aurait fallu, un jour venant, accompagner dans la mort, ce qui m'aurait empli de nostalgie quand j'avais besoin de toute ma force pour conquérir une vie nouvelle. N'ai-je pas plutôt choisi la jeunesse au détriment de la faiblesse et fait *tabula rasa* du passé, ainsi qu'agissent tous les dictateurs ?

Peut-être ai-je eu peur de revivre la mort de mon père. Ou plutôt de la vivre enfin véritablement après l'avoir si longtemps éludée. À moins que l'idée de la mort d'un proche ne me soit devenue insupportable en souvenir des jours affreux où, quand nous étions infernaux mes frères et moi, ma mère, excédée, épuisée, à bout de nerfs, nous menaçait de se trancher les veines et « d'en finir » avant de s'enfermer dans la salle de bains en pleurant. Et là, rongé de culpabilité, dévoré d'angoisse, je ne savais s'il fallait appeler mon oncle ou les pompiers, tambouriner à la porte de la salle de bains, supplier ma mère et lui promettre d'être sage, ou me préparer à devenir orphelin.

Cette année, j'ai prévu de partir au ski avec Benoît et son ami Victor. Margot malade, je me demande s'il ne vaut mieux pas tout annuler. Benoît me propose de l'emmener avec nous, ce que je trouve gentil et logique, bien que ça ne m'ait pas traversé l'esprit. Ainsi nous aurons chacun notre chat, puisque Victor est un grand dormeur.

Nouveau rêve, la veille du départ. Je suis à Angers et je saute dans un taxi en direction de la gare, afin de rejoindre les autres qui sont déjà à Méribel. Margot est dans mes bras. Au milieu de la rue des Arènes, je me rends compte que ce n'est pas la bonne direction, alors je demande au chauffeur d'emprunter la rue Bressigny. Mais il stoppe le véhicule, peut-être vexé. À ce moment, je me souviens que ma DS est stationnée devant chez ma mère et que ça va me coûter une fortune en contredanses. J'essaie de l'appeler pour qu'elle mette des pièces dans l'horodateur, mais le cadran ne répond pas, les noms défilent follement sur mon répertoire. Exaspéré, je demande de l'aide au chauffeur qui me répond : « Éteignez votre bazar et rallumez-le. » Margot attend sagement sur la banquette avec un autre petit chat gris clair. Pour avoir plus de réseau, je sors de la voiture. Je fais quelques pas. Quand je reviens, les deux portières arrière sont ouvertes, Margot a disparu. Je me mets à hurler. Le chauffeur de taxi réclame le montant de la course. Un couple entre dans la voiture malgré mes protestations. Un rôdeur vole mon ordinateur, je me lance à sa poursuite. Soudain j'aperçois Margot dans un arbre au pied duquel un chien jaune aboie et gronde les babines retroussées. Je fonds en larmes et me réveille.

Ce matin, dans le taxi, Margot miaule. Elle doit se dire : ah non, pas encore à la clinique vétérinaire, tu m'avais promis ! Mais non, petite sotte, nous partons pour le ski. Gare de Lyon, elle roule des billes énormes et tremble comme une feuille. Je pense qu'en temps de guerre il aurait bien fallu partir comme ça, au milieu de la foule, hagards. Dans le wagon, elle se calme et observe le va-et-vient des voyageurs avec une intense curiosité. Elle se sent finalement en sécurité et se cale dans mes bras. C'est la première fois que nous voyageons ensemble. J'ai toujours cru que les chats préféraient rester à la maison, mais, à la voir dévorer le paysage des yeux, j'ai l'impression qu'elle est ravie de découvrir ce monde qu'elle va bientôt devoir quitter.

Dans le chalet que nous avons loué pour une semaine, Margot se met à fureter partout. Au bout d'une ou deux heures d'exploration minutieuse, elle adopte la litière et fait honneur au bol de croquettes. Le soir, nous regardons *César* de Pagnol sur ma proposition. Benoît préfère Guitry et moi Pagnol. Nous nous disputons souvent à ce sujet, mais il ne connaît pas vraiment Pagnol et je suis de mauvaise foi concernant Guitry. Il reconnaît que c'est un film formidable. Curieusement, il avait peur que ce soit trop sentimental alors que je me tue à lui dire que c'est un mélange de comédie populaire à sketches et de tragédie grecque. Franchement, chez Guitry, on sent trop la recherche du bon mot, la mécanique du vaudeville, l'ego du bonhomme, et puis l'esprit prend le pas sur le cœur. Chez Guitry, on rit entre soi d'un air entendu, chez Pagnol on rit et on pleure en même temps.

Benoît est surpris de me voir aussi « gaga » de mon chat. « Tu n'en parles que depuis qu'il est malade. » La belle affaire ! Je ne parle jamais de mon estomac mais le jour où j'aurai un ulcère j'en toucherai un mot aux amis. Mais j'entends ce qu'il veut dire. De manière polie, il tente de me faire prendre conscience que j'en fais trop. Peut-être qu'il a un peu raison. Je dis *mon cœur, ma beauté, mon trésor* à un chat et peut-être que ce sont des mots « inappropriés » comme disent les Américains qui ne sont pourtant pas avares de démonstrations sentimentales, ou « ridicules » comme disent les Français qui ne supportent pas que d'autres s'accordent ce qu'ils s'interdisent à eux-mêmes. Mais elle va mourir et ça me fait du bien à moi de rattraper le temps perdu. Ma grand-mère disait qu'il fallait se dire qu'on s'aime parce qu'après c'est trop tard. Mais elle en a pris conscience sur la fin, quand ses dix enfants étaient déjà grands et qu'ils n'osaient plus lui avouer qu'ils auraient aimé qu'elle le leur témoigne avant.

C'est chose curieuse de voir Margot apprécier de rester dans le salon avec nous devant la télévision. À Paris, elle n'en a jamais envie. Mais à Paris chacun est dans sa chambre. Peut-être aussi qu'elle profite d'être « une chatte unique » comme on dit un enfant unique, sans la concurrence de frères et sœurs et l'inévitable rivalité qui pourrit la vie. Peut-être aussi qu'elle aime Pagnol et Raimu autant que moi. Qu'elle trouve Alida Rouffe (Honorine) géniale. Et qu'elle pense qu'on est trop sévères avec Orane Demazis qui ne joue pas très bien certes, mais qui est tellement Fanny qu'on n'en imagine pas d'autre.

Cette nuit, Margot dort avec moi. Le grand air lui fait du bien. Au matin, elle gratte à la porte pour aller faire un tour puis saute sur le lit, plusieurs fois, pour que je me réveille. Tandis que j'écris ces lignes, Margot vient me voir et saute dans mes bras en ronronnant. Victor lui a obligeamment ouvert la porte. Puis elle va sur le canapé et regarde tomber la neige à travers la fenêtre.

Quand nous rentrons du ski, elle ne vient jamais si je l'appelle. Elle se cache et sort de sa tanière quand elle l'a décidé, pas avant. Et si je pousse des cris de joie en l'apercevant, elle semble dire : « En voilà une agitation. Je ne suis pas la reine mère tout de même. » Son air est celui d'une princesse, ce qui me la fait aimer passionnément. Peut-être force-t-elle ce trait de sa nature pour que je l'aime davantage.

C'est quoi aimer ? Il y a un artisanat de l'amour sans quoi l'art de l'amour est vain. Par exemple ma mère qui ne roule pas sur l'or pense toujours aux autres, tandis que moi je me dis : attendons une occasion pour marquer le coup et j'oublie les anniversaires de mes neveux et nièces. Je ne suis pas un bon artisan de l'amour. Peut-être même suis-je un peu radin. Celui qui donne chaque jour et pratique quotidiennement les rituels de l'amour n'est jamais perdant. C'est l'égoïste qui, fragilisé par un sentiment auquel il n'est pas préparé, ému de se découvrir plus généreux qu'il ne l'aurait cru, tombe sur l'escroc au sourire d'ange que tout le monde, sauf lui, a vu arriver et qui va ne faire qu'une bouchée de son cœur et de ses économies. De même que l'imprudent se casse une jambe au ski s'il est mal entraîné ou insuffisamment échauffé, il existe une gymnastique de l'amour, sans quoi le cœur s'ankylose et s'emballe dangereusement.

Yann Moix m'a dit un jour, lors d'une émission, que l'essentiel était d'aimer, que ce soit un chat ou sa grand-mère. Je l'ai regardé en écarquillant les yeux. Pourquoi avait-il choisi ces deux exemples qui me sont si proches ? L'a-t-il dit en pensant à quelqu'un ? En pensant à lui ? En sachant des choses sur moi ? Non, je crois que les écrivains, les artistes, les mères sont des médiums : la vérité les traverse sans qu'ils s'en rendent compte, principalement au moment où ils cessent de réfléchir. De plus, si vous écoutez *vraiment* quelqu'un, vous pouvez tout savoir de lui, ou plus exactement *sentir* qui il est. Mais nous n'écoutons jamais personne en dehors de notre tumulte intérieur et de nos préjugés. Sauf à l'occasion de rares moments de grâce.

Cette nuit, j'ai entendu Margot miauler. Je me suis levé. Elle ne voulait rien de précis. Je l'ai suivie dans le couloir, dans la cuisine, dans le salon. Elle miaulait sans raison apparente.

Comment serai-je quand elle ne sera plus ? Vais-je devenir fou ? Vais-je m'enfermer à double tour avec son cadavre comme Rhett Butler avec sa fille Bonnie ? Je n'ai pas de Mamma qui ira chercher Miss Melly pour me raisonner, moi. La vie me paraîtra-t-elle insupportable ? Heureusement, il y aura ce livre qui m'empêchera de sombrer dans la mélancolie. Demain est un autre jour. Ou comme disent les histrions lucides : demain est un autre four.

Si j'ai un nouveau chaton, la culpabilité me taraudera et Margot me manquera d'autant plus. On ne peut pas changer d'amour en claquant des doigts. Ai-je raison d'être aussi fusionnel avec elle, ne ferais-je pas mieux de commencer à m'en détacher ? Non, je sens justement que plus je m'investis, moins je calcule mes sentiments et mieux je m'en sortirai au final. Pascalien comme raisonnement.

Nous avons un jeu, Margot et moi. Je lui parle à mi-voix, elle ferme les yeux. Je lui dis : « Oh, Margot, mais que tu es belle ce soir. » Elle plisse les yeux. Et je ris. Puis je continue : « Vraiment, tu es très belle. Qu'as-tu fait pour être aussi belle ? » Et elle plisse encore les yeux, d'un air de dire « Arrête ton char ! ». Et je continue : « Tu sais que je t'aime beaucoup. » Et ça peut durer quinze minutes sans que nous nous lassions, et ça pourrait durer des heures.

Dans un film qui lui est consacré, Arthur Rubinstein parle de l'Adagio du *Quintette avec deux violoncelles* de Schubert. Il le joue au piano. Soudain, submergé par l'émotion, ou par pudeur car c'est si intime, il s'arrête de jouer et l'écoute intérieurement. Nous l'entendons avec lui. Dans le silence, l'œuvre en nous ne fait plus qu'un avec le monde. Dieu n'a pas de langue. Au Buisson ardent, Il aura laissé parler le vent, les étoiles… Moïse a tout compris. Un proverbe arabe dit : si tu n'as rien à dire de plus beau que le silence, tais-toi. Quel beau onzième Commandement cela ferait. Et utile, surtout pour Moïse qui était bègue.

Le retour à Paris se passe normalement. Entre Moutiers et Chambéry, dans le soir tombant, Margot est sur mes genoux, ma main droite sur son cou ; Benoît et Victor somnolent en face de moi et, tandis que défile un paysage de moins en moins enneigé, j'éprouve ce sentiment de plénitude que l'on ressent quand on est éveillé alors que les nôtres dorment paisiblement, et qu'il semble que cette harmonie passagère dépende de notre vigilance. Margot supporte sans broncher le raccordement chaotique à Chambéry dans un TER bondé pour rejoindre la ligne de TGV. Dès son arrivée dans sa demeure principale, elle retrouve ses repères et vérifie qu'elle n'a pas perdu un pouce de son territoire.

Coup de fil de maman en larmes. Elle m'annonce qu'elle a une maladie auto-immune qu'elle aurait préféré nous cacher, mais comme son traitement à la cortisone lui donne des crises maniaques et de dépression quasi simultanées, nous nous en serions fatalement aperçus. Elle est prise de fièvre acheteuse compulsive, elle s'en rend compte et en souffre. Elle veut faire des cadeaux à tout le monde. Ses sœurs songent à lui confisquer sa carte de crédit. Mais surtout ne t'inquiète pas mon chéri, me dit-elle au milieu des pleurs. Finalement, je réussis à la faire rire en évoquant cette folie familiale que nous partageons et qui nous rend tellement spéciaux. Pour maman, du moment que nous sommes différents du commun, tout va bien.

Ce soir, Margot fait grise mine. Elle est devant son bol d'eau, l'air triste, sans se résoudre à boire. La cortisone n'a plus le même effet sur elle. Elle est maigre et froide. Je la caresse, elle redevient plus forte et plus vive. Un point commun avec maman.

Ivo Pogorelić joue ce soir à Gaveau. Je me faisais une joie d'y assister, mais je préfère rester avec Margot.

Je rêve que je partage la chambre avec une fille aux cheveux auburn qui aime aussi beaucoup les chats. Margot et elle ont l'air de bien s'entendre. Puis je vois que la chambre d'hôtel tient en équilibre instable dans le feuillage d'un arbre immense. Les fenêtres ferment mal à cause des branches. Margot grimpe sur l'une d'elles. J'en suis d'abord heureux pour elle, mais la voilà qui s'éloigne. J'aperçois des milliers d'yeux pers qui brillent comme des étoiles et de longs poils angora qui filent comme des comètes. Ce sont tous les chats abandonnés par leurs riches propriétaires depuis des années, me souffle ma camarade de chambrée. Margot s'élance alors dans les hauteurs de l'arbre et ses yeux se perdent parmi les autres qui scintillent.

La Radio est en délocalisation au Festival de Pâques d'Aix-en-Provence. Le chauffeur de taxi d'origine maghrébine qui me conduit gare de Lyon est fasciné par la tache blanche qui orne la poitrine de Margot. Il semble y voir le signe d'une race supérieure en voie de disparition. Il me demande son prénom et sourit. Elle lui rappelle une chatte qu'il a perdue quand il était petit. Il en est encore ému. Nous parlons des attentats qui ont eu lieu à Bruxelles. Nous convenons qu'il faut une vraie police européenne. « Prompt rétablissement à Margot », me lance-t-il avant que je claque la portière en le remerciant.

Margot a pris l'habitude du TGV. Elle devrait avoir sa carte de grand voyageur. La chambre d'hôtel semble aussi lui convenir. Le lendemain midi, je me rends chez ma mère en autocar. Elle est déprimée et fofolle. Nous allons au marché. J'achète de la raie, des pommes de terre nouvelles, des asperges blanches et des fraises de Carpentras. Nous préparons le déjeuner ensemble. Ma tante Mathilde nous rejoint, comme elle venait nous voir à l'improviste, jeune fille, à la Valmante, en solex. Nous regardons un film argentin. Maman est trop fatiguée pour faire une balade. Au moment de partir, elle me serre fort dans ses bras. L'effet de la cortisone, probablement. Quand je rentre à l'hôtel, Margot est sous le lit. Je m'inquiète, mais elle mange un peu de thon comme pour me dire : ne t'en fais pas, tout va bien.

Le lendemain, promenade au Tholonet avec ma tante Morgane qui s'est jointe à nous. Maman se lâche. Elle raconte tout ce qui lui passe par la tête. Elle est marrante. Elle se méfie un peu parce qu'elle sait que j'écris ce livre qui l'angoisse. Elle ne veut pas que je raconte tout. Je la rassure et lui dis qu'elle lira tout avant. Elle ne veut pas me censurer, elle préfère que je m'autocensure, nous sommes dans une impasse, alors nous changeons de sujet.

Tout en grimpant au cœur d'un paysage magnifique, maman me parle de sa mère (mamette) qui lui avait dit : « Ma mère ne m'a jamais aimée. » Lorsqu'elle était petite fille, sa mère l'avait momentanément confiée à des gens qui n'avaient pas d'enfant et qui l'avaient accueillie comme un cadeau du ciel. Le jour où sa mère est revenue la chercher, la fillette en a fait une maladie. « Ce n'est pas ma mère, je ne veux pas aller avec elle. » Sa mère ne lui a jamais pardonné cette humiliation.

Foulant la poussière et attentif à la traîtrise des cailloux inégaux qui ont tôt fait de vous tordre la cheville, je repense aux temps anciens où je couvrais ma grand-mère de baisers plus tendres encore en présence de ma mère pour la rendre jalouse. Sa réaction indignée ne manquait pas d'interrompre nos ébats qui s'achevaient dans un rire général. La ruse fonctionnait à chaque fois. Je sentais néanmoins ma mère heureuse de la tendresse que je prodiguais à sa mère, qu'elle aimait sans oser s'adonner avec elle à des débordements affectueux que j'exprimais à sa place et d'une certaine manière en son nom. Mais la théâtralisation de mon amour lui rappelait aussi la froideur affichée de nos rapports et ne manquait pas de l'agacer. Ma grand-mère était-elle dupe de mon stratagème ? Peut-être le comprenait-elle fort bien, tout en sachant que ce jeu n'empêchait pas la sincérité de mes sentiments, et peut-être s'en servait-elle avec malice pour inciter sa fille aînée à être plus aimante avec elle. Incapable de la plus innocente manifestation de perversité consciente, ma mère était bien trop pétrie de sens du devoir et de droiture des sentiments pour voir clair dans notre petite mystification.

Grâce à la cortisone, maman est parcourue d'une folie douce. Elle ressemble à mamette qui, durant ses derniers mois à l'hôpital de Toulon, avait relâché la pression et eut une fin de vie très gaie. Le traitement la rend survoltée. Elle répond au téléphone tout en traversant la rue, elle a du mal à se concentrer longtemps sur quelque chose, elle passe du coq à l'âne, très intensément à chaque fois. Elle est épuisante et vite épuisée. Au restaurant, à Aix-en-Provence, elle renverse un verre et ça la fait rire. Elle veut payer, me supplie en riant de lui accorder ce plaisir, mais pas question. Cette nuit, Margot dort dans mes bras. Elle semble s'être totalement acclimatée à sa nouvelle chambre. Je lui donne son médicament à la cortisone avant de nous coucher. Drôle de molécule qui stabilise l'état de mon chat et fait dérailler ma mère. Le poison, c'est la dose, affirmaient les Anciens, et le métabolisme usé de ma petite mère peine à établir la posologie qui lui conviendrait.

M *organise et humanise en même temps. Une phrase comme : « L'image, c'est le sentiment », est une phrase d'artiste, une phrase que Debussy aurait pu dire. Sans les deux* m, *elle se lézarde, se durcit et perd de sa substance. Cherchez des synonymes, ce ne sera pas aussi juste et naturel.*

Il y a deux m *au cœur des hommes. Mais aussi deux* m *au cœur des femmes. À la même place. Merveilleuse égalité.*

M *est une lettre essentielle : manger. Et de la suite : m… Si le kitsch est la négation de la m…, comme l'affirme Milan Kundera, les lettres le disent, car il n'y a pas de* m *dans « kitsch ». Les lettres ne mentent jamais.*

Je décide de ne plus m'exprimer qu'au moyen d'allitérations en m. *De truffer ce texte de* m, *que dis-je truffer ? De parsemer, de mouiller, d'immerger, de façon immarcescible ! De préférer Mallarmé à Verlaine. De revoir des films avec Michèle Morgan ou Marilyn Monroe en ignorant ceux avec Natalie Wood ou Bette Davis. D'écouter le piano de Marcelle Meyer en dédaignant Alfred Cortot. De préférer le roman au théâtre. Les symphonies aux sonates. Le mensonge à la vérité. Jamais à toujours. De privilégier les œuvres en* mi, *de porter au pinacle les musiques en* mi *bémol majeur ou en* mi *mineur. Les vers de poèmes sans* m *me laissent de marbre. En revanche, ce morceau de Hâfez m'émeut aux larmes :*

Qui pourrait me dire comment
Va l'ami parti en voyage,
Quand les murmures du vent
Matinal sont confus et vagues.

C'est arbitraire, je l'admets, mais ma règle en vaut une autre. La déraison offre une drôle de logique que la raison ignore et que l'imagination chérit.

Par un hasard extraordinaire, je vois (ou plutôt je revois) le film *Derrière le miroir* de

Nicholas Ray. Dans l'Amérique provinciale des années 50, un instituteur joué par James Mason subit plusieurs attaques et se voit proposer un traitement à la cortisone dont on connaît encore mal les effets secondaires. Il devient alors mégalomane, dispendieux, violent, en proie à des sautes d'humeur. Ses pulsions profondes sont mises au grand jour et tranchent avec le conformisme de sa petite communauté néo-puritaine. C'est un beau film qui serre le cœur. Une actrice m'a raconté qu'elle avait pris un cachet de cortisone pour lutter contre un rhume alors qu'elle jouait au théâtre. Après la représentation, grisée par l'effet dopant de la molécule, elle pensait avoir été bien meilleure que d'habitude avant de lire sur le visage de ses partenaires qu'ils étaient loin de partager son impression. Qu'on ne s'y trompe pas, la cortisone est aussi un remède miraculeux. L'oncologue et chercheur Jean-Marie Andrieu a sauvé la vie de plusieurs de ses malades atteints du sida grâce à des doses savamment mises au point en remplacement de l'épouvantable AZT que les laboratoires voulaient lui imposer.

Mon père aussi a été mis sous cortisone quand il a eu son cancer des ganglions, ce qui accentuait ses tendances maniaques et bouffissait son visage. Un jour, il avait tenu à nous inviter à boire un rafraîchissement, ce qui était très inhabituel. Nous ne pouvions pas nous offrir le restaurant et nous n'allions jamais dans les bars. Ma mère était déjà contre les sodas à la maison (trop de sucre, trop de colorants), ce n'était pas pour en prendre de coûteux dans des lieux enfumés. Mon père a commandé d'une voix forte des jus de fruits. Ma mère l'a supplié de parler plus bas. Il a répliqué d'une voix encore plus forte : « Pourquoi me taire ? Je suis citoyen français, je paie mes impôts, je gagne de l'argent… » Et il s'est mis à brandir sous nos yeux effroyablement gênés plusieurs billets de cent francs qu'il a posés bruyamment sur la table. Ses yeux de loup brillaient sous des paupières clignant mécaniquement, un large et inquiétant sourire barrait ses joues grasses et mal rasées. Mon père, enfin triomphant et dominateur, après des années de présence fantomatique, galvanisé par la cortisone.

Sachant que je séjourne à Aix, l'écrivain Paule Constant m'invite à dîner. Elle a préparé du pigeon à la sauce noire. L'ambiance est détendue, pleine de fantaisie. Son mari la couve de ses yeux énamourés. Leurs amis sont charmants. La conversation va bon train. Je parle de ma mère et de sa cortisone. Paule me propose de revenir avec elle le dimanche de Pâques pour manger des soles au four. Et que vos tantes viennent aussi, si elles sont là, ajoute-t-elle. Je me dis que maman sera parfaitement à son aise dans cette atmosphère raffinée et généreuse, si peu bourgeoise, où chacun est soi sans crainte d'être jugé.

Quand je lui en parle, maman est inquiète. Elle a peur de me faire honte, de renverser des verres, de raconter ce qui lui passe par la tête et de le regretter après. Mais surtout elle n'a jamais lu de livre de Paule Constant, car elle préfère les romans étrangers, et ça la gêne horriblement. Je la rassure sur tout et nous nous y rendons vers midi trente. Comme je l'avais imaginé, tout se passe à merveille. Les soles baignent dans une mer de beurre. Maman qui craint le gras comme les chats l'eau et le bruit en reprend deux fois. Tout le monde se régale. Paule est une hôtesse idéale, disant ce qui lui passe par la tête sans jamais dépasser la juste limite. Nous parlons d'animaux, de livres, de musique et de nous. Maman parle de moi comme si elle jouait à être ma mère. Le champagne nous rend excités comme si nous étions tous sous cortisone. Ma mère presse la main du mari de Paule, sans la lâcher, à croire qu'elle le connaît depuis toujours. En repartant, elle se jette dans les bras de la maîtresse de maison et lui dit : « Je vais lire tous vos livres ! »

Plutôt que d'aller au concert de Yo-Yo Ma, clou du festival de Pâques à Aix, je préfère rester dîner avec maman chez elle. Le ciel est somptueux et la lumière au-dessus des monts Aurélien rendrait Turner jaloux. J'improvise des pâtes aux pointes d'asperges vertes, tomates cerise et parmesan en cinq sec.

Le lendemain, le chauffeur de taxi qui me conduit à la gare d'Aix TGV est très ému d'apprendre que Margot a un lymphome. Il me parle de son « toutou » avec des larmes dans la voix. C'est tout ce que j'aime en Provence, ce théâtre vrai, cet épanchement sans frein, ce sentimentalisme pittoresque et néanmoins viril. Nous parlons de la mer. Il me dit : « Quand nous n'allons pas bien, ma femme et moi, nous nous promenons au bord de l'eau, ça vaut tous les psychiatres. »

J'aime ces cœurs secoués par le mistral qui se livrent au premier venu, cette fantaisie de fada, cette naïveté de *lou ravi*, ces poitrines généreuses qui tendent l'étoffe, ces haleines d'aïoli qui réveilleraient un mort. Je suis né du drame, des mains qui s'agitent, des cris plus que de la petite musique et du silence. Je me sens bien quand on rit et quand on pleure, quand on tonne et qu'on s'embrasse après.

Je viens de ce monde où hommes et femmes étaient séparés. J'en ai gardé le goût parce qu'enfant je restais avec les femmes, les conversations des hommes m'ennuyaient. Aujourd'hui ce sont les discours égalitaires qui m'ennuient. Je préférais la fronde de mes tantes qui, en voiture, ralentissaient quand un homme soulageait un besoin naturel contre un mur et criaient : « Gros cochon, va ! » Ça nous faisait rire comme des bossus. Quand nous regardions un vieux film en famille et que Gabin ou Ventura demandait à l'actrice de lui servir un café, ma mère, pour nous apprendre à être des hommes selon son goût, et aussi parce qu'elle ne pouvait se retenir d'exprimer le fond de sa pensée, s'écriait : « Tu ne peux pas aller te le chercher toi-même, feignasse ? » Ma mère est de la génération « l'utopie ou la mort » et elle en sera jusqu'à son dernier souffle.

Aujourd'hui, les hommes feignent d'être plus féministes que la reine pour conserver leur droit au repos du guerrier. Et les femmes de se demander si cette comédie moutonnière jouée avec trop d'application ne cache pas un loup.

Dans le train qui rentre vers Paris, Margot dort dans mes bras durant tout le trajet. J'entends en moi la chanson de Véronique Sanson : « Quand je prends sa tête entre mes mains / Je vous jure que j'ai du chagrin. » Il arrive que nos pensées nous soient révélées, en contrepoint de notre état d'esprit, par les refrains que nous fredonne distraitement notre conscience qui s'abandonne. Comme lorsqu'un personnage d'un opéra de Mozart jure fidélité à sa fiancée et qu'un trait de clarinette moqueur le contredit discrètement ou qu'un motif inquiet des cordes fissure ses certitudes de façade. Ce que les hommes oublient, la musique le trahit.

Margot est de plus en plus présente quand nous prenons l'apéritif dans le salon. Peut-être l'effet Méribel. Dans la journée, elle préfère rester sous la lampe. La nuit, elle dort par terre, à droite de mon lit, toujours à la même place. Je l'entends parfois grignoter, ce qui me rassure. Si je l'appelle, elle se hisse faiblement sur le lit, ronronne et se frotte mollement à moi, comme si elle me jouait la comédie du « tout va bien », cachant sa souffrance. Elle me fait penser au Rigoletto de Verdi qui fait son boulot de bouffon à la cour du duc de Mantoue et masque sa douleur d'avoir perdu sa fille en chantant « lala, lala, lala, lala, lala, lala… ». Margot fait son boulot de chat, je fais mon boulot de « maître » et les vaches sont bien gardées. Une fois que je suis « rassuré », elle retourne par terre. Peut-être pour souffrir à l'écart.

Impossible de travailler ce matin. Margot me prodigue toute sa tendresse. Elle ronronne à plein régime, de quoi faire exploser la chaudière. Je caresse sa nuque, elle tourne sa tête vers moi, me regarde longuement. Dans la flamme aimante de ses yeux, je reconnais la lueur du regard de ma grand-mère qui peut-être profite de ce moment pour m'adresser un message ; à moins qu'elles soient la même et que je m'en rende tout juste compte, grosse bête que je suis.

Pompéi a permis aux historiens de mieux connaître la vie des Romains en décryptant leurs occupations au moment d'être pétrifiés. Si un nouveau Vésuve survenait aujourd'hui, les trois quarts de la population seraient devant un écran. Tant de temps, d'évolution pour en arriver là, à cette navrante et désolante uniformité.

Le pianiste Nicholas Angelich vient à l'émission. Hors antenne, il me rappelle que je l'avais appelé le jour du 11 Septembre, dès les premières images télévisées. Je l'avais oublié mais lui s'en souvient. Il avait un concert le soir même. Sentant la nécessité d'un remontant avant de jouer, il avait demandé qu'on lui apporte une bouteille de whisky. Il en avait sifflé une bonne lampée et s'était dirigé vers le piano le cœur meurtri. Il avait gardé la partition, par sécurité, et, pendant que ses doigts couraient, ses yeux voyaient, avec effarement, les notes tomber de la portée comme les corps qui avaient sauté des tours jumelles quelques heures auparavant.

Benjamin, un ami psychiatre de Yohan, a appelé sa fille Margot. Vieux cliché maintes fois vérifié d'une vie nouvelle qui salue une mort imminente et la croise. Tintinnabulement de clochettes en contrepoint du glas. C'est gentil, mais un peu tôt.

Comme les animaux, les humains ont besoin d'un territoire. Si quelqu'un entre dans mon bureau, je me tends intérieurement et lutte contre l'envie de gronder. Dans un lieu nouveau, le découpage s'effectue plus ou moins naturellement. Avec Benoît et Victor, dans le chalet de Méribel, nous avons dîné chacun à la même place autour de la table durant tout le séjour. Un changement nous aurait perturbés. En cas de cohabitation régulière, les points de friction sont toujours les mêmes : le Frigidaire, la salle de bains, la télécommande de la télévision.

Je donne à Margot son cachet de cortisone. Elle semble me dire : à quoi bon, mieux vaut en finir. J'ai peur de lui faire mal, elle est si faible et si maigre. Margot lève la patte, elle pourrait me griffer mais ce n'est pas dans sa nature. Elle tente au contraire de m'aider et me regarde comme une écolière appliquée. J'ouvre sa gueule d'un doigt, elle résiste puis ses yeux me disent : maintenant, vas-y, mais vas-y vite, je lâche le comprimé, elle serre la gorge par réflexe puis déglutit. C'est fini. Elle semble épuisée par cet effort. Je la prends dans mes bras et la remercie de vivre.

Dans *Les Raisins de la colère* de John Ford, la mère cite un poème qui dit « Tout ce qui vit est saint ». Martha et ma mère pourraient dire la même chose avec d'autres mots.

Je pars donner une conférence sur Schubert à Mougins, près de Cannes, dans ce village où Picasso a passé avec Jacqueline les dernières années de sa vie. Coup de fil de mes frères : ne t'inquiète pas, maman est à l'hôpital, n'appelle pas, elle se repose. J'attends une demi-heure, rongé d'inquiétude, et j'appelle. Elle me raconte qu'elle a alerté les pompiers vers 22 heures, sentant un engourdissement, craignant la paralysie. Transportée d'urgence à l'hôpital, elle est restée toute la nuit sur un brancard, sans que personne s'occupe d'elle. Doutant de son objectivité, sachant que la cortisone déréglait sa perception des choses, elle a demandé à une infirmière de lui dire franchement si elle faisait une crise d'hystérie. Non, non, lui a-t-on répondu, ça ressemble plutôt à un AVC. Il lui a fallu attendre le matin pour passer au scanner et voir un neurologue.

En attendant, elle a vécu un enfer sans fermer l'œil. Elle s'est vue comme sa mère qui avait fait plusieurs petits AVC avant de finir paralysée sur son lit de fin de vie. Elle constate avec horreur le délabrement de l'hôpital public depuis qu'elle a pris sa retraite d'infirmière. « Les choses ont changé, tout le monde se fiche de son voisin, me dit-elle. Je me suis vue abandonnée comme un chien, pire qu'un chien. Ton chat a pu avoir un scanner tout de suite, et moi il a fallu que j'attende toute une nuit. Et tous ces vieillards qui peuplent les chambres d'hôpital ! Je t'assure, mon fils, il n'y avait que des petites vieilles qui pleuraient autour de moi, j'entendais leurs cris, et autour d'elles des infirmières épuisées, débordées ou indifférentes, qui ne venaient pas ou qui les rabrouaient. Tu m'entends fiston ? J'ai vu mourir l'Occident en une nuit. Nous sommes fichus, notre modèle est fichu. Je me suis vue comme ces pauvres vieilles : humiliée, sans dignité, seule, un numéro parmi d'autres. Tous ces vieillards… et pas d'ifs, de tilleuls, d'érables… pas de chênes vénérables, misère ! »

Maman s'est construit un petit monde de beauté, à l'abri de la vulgarité, vivant « seul peut-être, mais peinard », luttant contre la décrépitude, mangeant peu et bien, s'entretenant physiquement en marchant dans la garrigue, stimulant sa créativité en peaufinant inlassablement des photos d'insectes prises chemin faisant, musclant ses neurones au sudoku, lisant, s'occupant des autres pour ne pas dessécher son cœur, soignant son hypersensibilité par une solitude choisie, et voilà que tout s'effondre d'un coup. Elle n'a pas eu une vie des plus faciles, et le spectre de la vieillesse et de la dépendance est en train de la rattraper après une courte accalmie. Cauchemar effrayant provoqué en partie par la cortisone et par la distorsion de l'angoisse nocturne qui agrandit les ombres menaçantes, transforme les objets en monstres hostiles. Mais cauchemar vrai, aussi, car la vieillesse est réelle, la maladie est réelle, l'approche de la mort est réelle. « Je ne retournerai plus jamais à l'hôpital, je t'assure mon fils, la prochaine fois, je préfère mourir. C'est fini, fini, fini. »

Le lendemain, elle se plaint de la placidité de mon frère qui ne la prend pas au sérieux. Quand ma mère se laisse aller à lui casser du sucre sur le dos, j'ai toujours l'impression qu'elle se donne un mal fou pour me cacher qu'il est le préféré.

J'appelle mon frère qui est très éprouvé par les événements de la nuit. Il me raconte une tout autre histoire. Quand il est arrivé à l'hôpital, suivant les pompiers dans sa voiture, maman plaisantait avec les infirmiers. Elle n'était plus paralysée, Lazare marchait d'un pas alerte et point de tombeau. J'ai l'impression d'être dans une pièce de Pirandello : *À chacun sa vérité.* « Depuis qu'elle est rentrée à la maison, maman a les nerfs à vif et s'emporte pour un rien. »

Je sens que je suis emporté moi aussi par cette folie collective. La peur, le doute, le soupçon montent en moi comme le verre de lait dans l'escalier porté par Cary Grant. Et si maman était manipulatrice. N'y a-t-il pas une forme de perversion à érotiser ses rapports avec ses enfants ? N'a-t-elle pas sciemment rendu mon père fou ? Mon frère m'envoie un SMS délirant où il est question de *ma* mère observant *son* cadavre.

Le lendemain, maman me fait savoir que son téléphone est en dérangement. Comme si nous n'étions pas tous dérangés. Le visiophone de sa porte d'entrée étant cassé et aucun artisan ne voulant se déplacer pour le réparer, elle est tout à fait isolée.

Son dos la fait encore souffrir. Mais elle a une explication pour son mystérieux malaise. Ses recherches ont porté leurs fruits : ce serait un neuroleptique prescrit par le médecin pour soulager ses douleurs au dos qui aurait provoqué cette paralysie. La cortisone n'a exagéré que la perception des symptômes. Enfin une réponse « scientifique » comme dit Raimu en articulant fièrement le mot qui rime avec « océanographique » dans la scène « Laisse un peu mesurer les autres ! ». Je ne sais si c'est vrai, mais que c'est rassurant une explication objective ! Maman n'est pas folle, maman est toujours la plus forte, nous avons surmonté ce moment d'affolement, maman a repris le commandement, notre assemblée constituante lui renouvelle sa confiance.

Elle ne se plaint jamais. Pourtant, quelques jours après avoir aménagé dans le sud, maman m'avait semblé très déprimée. J'en ai parlé à Léo qui, analysant la situation avec réalisme, m'a dit : « Tu sais, ce n'est que le début. Maman va avoir de plus en plus besoin de nous. » Il s'y était préparé depuis toujours alors que pour moi maman était éternelle. Ça m'a fait un choc. Nous sommes allés tous les deux l'aider à monter sa bibliothèque. Elle était confuse et gênée qu'on se soit déplacés de Paris pour elle, « vous avez tant à faire, c'est idiot », mais heureuse de nous voir.

Nous avons passé deux jours merveilleux à faire des choses empoisonnantes comme tout.

Vous voulez jouer avec moi, comme j'ai joué en Iran ? Vous allez voir, c'est amusant. Revenons à M *et à 13. Si l'on prend Dieu, par exemple, D est la 4*[e] *lettre de l'alphabet, I est la 9*[e]*. Or 4 + 9 = 13. J'étais alors à « la Moitié du Monde ». Et à la moitié du mot. Reste E et U. Ma foi, E est* *la 5e lettre, U la 21e. Et 5 + 21 = 26. Oui, 13 est bien la moitié de 26 qui rassemble la totalité des lettres de l'alphabet, le Monde complet. Je touchais au but, mais comme dit le poète Hâfez, le divin maître de Chiraz :*

Parlons de musique et de vin
Et non pas des secrets du monde.

Agacé par ce que vous jugez hâtivement des enfantillages, vous me répondez : « Et Jésus-Christ ? Il n'a pas de m, *alors ! » Ah bon. Voyez plutôt : J = 10. C = 3, donc J + C = 13, et donc J + C =* M.

Vous voilà au moins ébranlé. Mieux : maté !

Mais c'est en français, ça ne prouve rien, poursuivez-vous, irrité par le mystère et la mystification. Je ne veux rien prouver, seulement m'amuser, rétorqué-je. Et puis je suis français moi. Je n'empêche pas ceux qui sont espagnols ou brésiliens de frotter la lampe de leur langue pour en extraire le facétieux génie.

Je délire, soit, mais nous sommes si loin de Descartes à Ispahan ! J'y suis grâce au chef d'orchestre Pejman Memarzadeh. Pas moins de trois m. *Un signe important. Dès lors je ne veux parler qu'avec ceux qui ont un* m *dans leur nom.*

Je fuis donc les Éric, les Pierre, les Sylvie, les Sophie. J'ai rencontré un garçon sympathique, un violoniste tunisien avec qui j'ai un peu discuté. Mais je n'ai pas voulu savoir son nom. J'avais trop peur qu'il s'appelle Faozi et que je sois obligé de l'éviter.

M *est la lettre de la fin : maladie, mort. « Le Cygne » pour violoncelle et piano qui symbolise pour les ballerines du monde entier La Mort du cygne est la treizième pièce du* Carnaval des animaux *de Camille Saint-Saëns. Nombre de la fin de vie et nombre du début :* les Scènes d'enfants *de Robert Schumann sont exactement treize.* Siegfried-Idyll *que Wagner offrit à sa femme Cosima est composée pour treize instruments à cordes.* Gran Partita, *la plus belle des sérénades de Mozart, pour treize instruments à vent. Et les notes de la gamme, si l'on va du* do *au* do *suivant, dièses et bémols compris, sont au nombre de treize.*

Madeleines musicales

« Désir de choses inexistantes, peut-être ;
c'est bien là le domaine de la musique. »

Gabriel Fauré

Dans mon plus ancien souvenir musical, je chante à tue-tête le refrain du *Folklore américain* de Sheila, debout dans ma poussette, sur les trottoirs du quartier Bompard à Marseille, mais je ne sais plus si je m'en souviens réellement ou si j'ai reconstitué cet épisode à force de l'avoir entendu raconter par mes oncles et tantes.

En revanche, la découverte de Colargol, « l'ours qui chante en *fa* en *sol*, en *do* dièse en *mi* bémol » m'a vraiment marqué. C'était à La Loupe, je devais avoir neuf ou dix ans. Ma mère m'achetait ces livres-disques dont l'histoire était imaginée par Jean Nohain et la musique composée par la délicieuse Mireille du Petit Conservatoire. Il m'arrive encore aujourd'hui de me surprendre à chanter « Quand deux amis se quittent, ce serait trop affreux si c'était pour toujours » sur une mélodie raffinée et mélancolique que je n'ai pas oubliée. Cette chanson me faisait pleurer. Ce sont de chaudes larmes que j'ai versées aussi, je m'en souviens bien, à la lecture du *Petit Chose* d'Alphonse Daudet.

Certaines mélodies me plongeaient dans un tel état que je les enregistrais sur un petit magnétophone à cassette blanc muni d'un micro sommaire. C'est le cas de la chanson de l'oiseau du feuilleton *Belle et Sébastien,* ou du générique de fin des *Aventures de Pinocchio* de Luigi Comencini. La frustration causée par la fin de l'épisode était compensée par l'écoute de cette musique sautillante et triste, annoncée par petites touches dans les dernières scènes, comme lorsqu'au début d'une symphonie, le compositeur ménage ses effets en ne laissant apparaître qu'une ombre annonciatrice du thème, avant de le laisser se déployer pleinement.

Cette musique d'un certain Fiorenzo Carpi est associée à la colonie de vacances dans les alpages savoyards d'Hirmentaz où ma mère m'envoyait été comme hiver. Comme nous étions nombreux et qu'étaient rares les faveurs, il fallait négocier serré avec la directrice, Mademoiselle Huguette, pour obtenir la permission de voir l'épisode hebdomadaire sur le poste de télévision en noir et blanc du réfectoire.

Quand je visite une ville ou un pays, j'aime associer aux lieux une musique qui imprime mieux que des mots les sensations de ce voyage dans ma mémoire. Ainsi le fandango de *La Mort aux trousses* est tellement inséparable du bâtiment des Nations unies que les lignes musicales se confondent avec les lignes architecturales. Je me souviens d'un voyage à Prague avec des amis au cours duquel, traversant le pont Charles qui enjambe le fleuve majestueux, l'air de *La Moldau* de Smetana nous est simultanément revenu aux lèvres.

De même, je ne peux songer à la semaine de vacances que je passai chez ma marraine Macha à Vihiers sans réentendre une chanson qui s'intitule « Auprès de ma blonde ». Cette marche militaire du XVIIIe siècle dont le titre original est « Le Prisonnier de Hollande » dit notamment :

Dites-nous donc la Belle
Où donc est votre ami ?
Il est dans la Hollande
Les Hollandais l'ont pris

J'écoutais cette chanson vingt ou trente fois de suite, sans me lasser, et ne voulais rien entendre d'autre. Surtout à cause du frôlement entre majeur et mineur de la seconde partie du couplet. Tempo de marche, alternance majeur mineur : j'aimais déjà Schubert sans le savoir. Ma tante Macha s'amusait beaucoup de cet engouement et comme elle riait peu dans la vie, qui sait si je n'ai pas exagéré ma passion exclusive pour cette marche rien que pour l'entendre rire plus souvent.

Au grand désespoir de ma mère qui ne jurait que par Léo Ferré et les cantates de Bach, je me suis mis à écouter le hit-parade sur un transistor de fortune, désertant le chic de la modulation de fréquence pour la vulgarité des ondes courtes. Consternation générale : l'aîné promis aux plus hautes destinées se vautre dans la soupe musicale qui ne faisait grandir personne chez nous où Charles Aznavour était déjà considéré comme trop commercial.

J'ai développé une passion particulière pour les chansons de Sheila que je connais encore par cœur. Cette brave fille au sourire facile et aux refrains entraînants me semblait l'antidote rêvé à l'intellectualisme de gauche, barbu, fleuri et totalitaire qui régnait sous nos latitudes progressistes. Quand mes copains exprimaient leur révolte adolescente avec les mots de Maxime Le Forestier ou claquaient la porte de chez eux au son des Rolling Stones, je vivais moi ma contre-révolution en chantant « Petite fille de Français moyen ». Non que je veuille défendre ces vers de mirliton, mais qu'à Dieu ne plaise je refuse de les mépriser, car la construction musicale de ces chansonnettes n'a rien d'infamant. Certes les mélodies sont banales et fabriquées. Mais leurs compositeurs corvéables à merci pouvaient se targuer d'une bonne formation classique qui stimulait leur imagination autour d'un canevas immuable : introduction, couplet, refrain, couplet, refrain, chorus (solo instrumental) ou « pont », refrain, refrain…

Le « pont » m'exaltait particulièrement. Ce n'était pas le pont Charles, mais je l'attendais comme Philippe Le Bel celui d'Avignon. C'était la pochette surprise du morceau, le rebond inattendu de la composition, d'autant plus précieux qu'il était bref, et judicieusement issu du reste de la chanson, telle une extension extraordinaire. J'ai été ainsi formé à apprécier les rondos des concertos de Mozart et de Beethoven qui fonctionnent sur ce schéma. Le « pont » des *finales* du *Concerto pour piano n° 1,* du *Concerto pour violon* de Beethoven ou du *Concerto pour piano n° 25* de Mozart sont d'absolus chefs-d'œuvre que j'ai pu apprécier en connaisseur grâce à ma familiarité avec les chansons de Sheila. Les ponts de « Tous les deux », « Quand une fille aime un garçon » ou « Papillons » sont particulièrement réussis. Ils me ravissent encore aujourd'hui et pas seulement par nostalgie.

J'aimais tellement Sheila que je voulais que le monde entier l'aime aussi. Alors je posais le haut-parleur de mon électrophone sur le rebord de la fenêtre de ma chambre, et j'envoyais la musique à fond de cale. Ma famille s'y est faite, acceptant cette bizarrerie de mon goût comme une excentricité comparable à la passion de Glenn Gould pour la voix de Petula Clark. Quelle n'a pas été ma surprise de lire récemment dans un livre que Léo Ferré ne méprisait pas les chansons de « la fiancée préférée des Français ». Si j'avais disposé de cette information plus tôt, ma mère frappée de stupeur en aurait peut-être renié l'auteur de « La mémoire et la mer ».

Quand j'ai commencé à apprécier la musique classique, vers treize ou quatorze ans, j'ai remplacé les posters de Sheila et de Dave qui tapissaient les murs de ma chambre par des photos de Callas, Schwarzkopf, Lipatti ou Furtwängler. Au collège, j'ai été désigné pour programmer la musique en salle d'étude après le déjeuner. Avec une foi de zélote, je diffusais la *Symphonie du Nouveau Monde* de Dvořák, empruntée dans la discothèque de ma mère, pour initier mes camarades demi-pensionnaires à la noblesse du grand répertoire et pour les éduquer de force à la beauté. J'avais au moins hérité de ma famille le besoin vital de me distinguer du lot, associé à la rage du prosélyte.

Entre la seconde et la terminale, au lycée Europe de Cholet, mon meilleur ami, ô miracle, partageait les mêmes goûts musicaux que moi. Après les cours nous devisions avec fièvre sur les sonates de Beethoven. Il aimait l'interprétation de Claudio Arrau, je lui opposais Gilels, Nat ou Backhaus. Nous marchions jusqu'au feu rouge qui indiquait la séparation de nos chemins respectifs. Nous restions des heures entières arrimés à ce feu rouge parlant d'Horowitz et de Rubinstein comme des marins se content leurs exploits en chiquant sous le grand mât. Parfois un camarade passait à vélo et nous faisait un signe. Repassant une heure plus tard en sens inverse, il vrillait un index sur sa tempe, surpris et hilare de nous retrouver au même endroit.

Nous parlions sans fin des symphonies de Brahms que nous découvrîmes au même moment, de la musique de chambre de Schumann, des opéras de Mozart. Nos dieux de la direction d'orchestre se nommaient Toscanini et Furtwängler, et nous n'avions que dédain pour Böhm et Karajan.

Pendant un an, avec notre professeur de philosophie et l'un de ses amis saumurois, nous nous sommes retrouvés un ou deux samedis par mois pour jouer à la Tribune des critiques de disques comme d'autres jouent à la belote. L'école de musique de Cholet nous prêtait une salle et la médiathèque municipale nous laissait emprunter les disques dont nous avions besoin pour nous livrer à cette séance de comparaison si peu raisonnable. Nous étions rarement d'accord, ce qui rendait ces confrontations plus amusantes. J'en rédigeais le compte rendu avec une telle partialité que la flamme de la discorde se rallumait par des courriers furibonds dans l'intervalle de nos rendez-vous.

L'année du baccalauréat, j'ai rencontré Françoise, une amie de ma tante Mathilde. Elle était douce, cultivée, romantique, et l'on sentait sous des dehors bovarystes une volonté ardente, un caractère bien trempé. Nous sommes vite devenus inséparables.

Un jour, Françoise et moi avons eu envie d'allier notre sens de la communication à notre goût commun pour la musique classique en animant tous les deux une émission. Nous étions en 1981, au début des radios dites « libres ». Le directeur d'une des deux stations phares de la région accepta de nous recevoir. Ayant écouté avec une bienveillance polie la maquette que nous avions préparée, il nous dit : « La musique classique n'est pas une priorité pour nous, mais ce n'est pas mauvais pour l'image. »

Angers était une ville à forte tradition musicale avec un orchestre régional, un opéra, une maîtrise, un conservatoire, de nombreuses chorales… Il ajouta qu'il trouvait que la voix de ma copine « passait super bien », mais que la mienne n'était pas « assez sympa ». Voulant trop en faire, je manquais de naturel. J'avais pourtant l'habitude d'enregistrer des cassettes pour mes tantes où figuraient des extraits symphoniques que je leur présentais. Mais c'étaient mes tantes, avec toute l'indulgence du clan familial.

Malgré mes lacunes, il nous a engagés, si ce terme convient à une activité totalement bénévole. Notre émission s'appelait « Allegro » et passait en direct chaque dimanche soir. Le générique, que nous avons mis longtemps à choisir, tant il importe de sonner l'heure sans lasser, était déjà la « Danse des Chevaliers » du *Roméo et Juliette* de Prokofiev que j'ai repris sur Radio Classique, en souvenir de ces années avec Françoise, et en clin d'œil à nos auditeurs angevins, car nous en avions et de fidèles.

La musique et la littérature sont restées les deux passions qui nous relient. L'une pour « désirer des choses qui n'existent pas » comme dit Gabriel Fauré, l'autre pour enrayer la disparition de choses qui n'ont peut-être existé que dans notre imagination et que nous nous employons néanmoins à faire revivre.

Aujourd'hui, quand je me promène de ville en ville, dans un salon du livre ou pour assister à un concert, on m'alpague parfois d'un clin d'œil et d'une phrase : « C'est vous les petites madeleines ? » J'en rougirais presque à cause de l'imposture et de l'affront fait à Marcel Proust, mais un chef d'orchestre qui fait son marché et que le poissonnier accueille gentiment d'un « pom pom pom pooooom » fait-il éditer un rectificatif dans le journal local pour rappeler que la *Symphonie n° 5* est de la main de Beethoven et non de la sienne ?

Je ne sais si cette séquence des madeleines a fait le succès de l'émission auprès du *public* – « cette abstraction prisée des démagogues » (Borges) –, mais quelque chose se passe à partir de ce moment-là. Les plus endurcis se surprennent à se livrer en confiance, et il s'établit dès lors entre l'invité et l'auditeur un lien mystérieux qui reste l'une des merveilles du médium radio depuis l'invention des ondes.

Les sympathies immédiates se confirment et se raffermissent. Les antipathies épidermiques s'estompent, les plus tenaces explosent parfois et se fendent d'une révélation contraire. Bref, chacun découvre en soi de beaux territoires humains ou bien retrouve des émotions recouvertes par le temps, ce qui n'est pas l'un des moindres charmes de la musique.

Je me souviens de moments particulièrement émouvants. Clémentine Célarié fondant en larmes en écoutant Chet Baker presque mourant reprendre son « Funny Valentine ». Michèle Cotta bouleversée dès les premières notes de « Nantes » de Barbara qui lui rappelait son propre père. Sandrine Bonnaire reconnaissant à travers une gymnopédie de Satie le visage de sa sœur autiste. Mimie Mathy, déjà ange gardien, se souvenant qu'elle montait à la tribune, enfant, et tournait les pages de l'organiste qui jouait Bach. Danielle Darrieux répétant comme un viatique que Bach était *le chemin*. Ou Gérard Depardieu se réjouissant d'un « Canon » de Pachelbel et nous rappelant qu'en matière de « canon », il n'était jamais le dernier.

Ce qui est épatant avec les « petites madeleines musicales », c'est que l'auditeur se dit : « Et moi ? Quelles sont les miennes ? Que me chantait ma mère ? Que jouait mon père ? Quelles mélodies ont accompagné mes premières joies ? Quelles harmonies réveilleront mes pleurs ? »

Car si nous nous imaginons que ce sont d'abord nos idées qui nous définissent, nous ignorons que nos goûts sont bien plus tenaces, profonds, et qu'ils nous dévoilent davantage.

Quand on me demande : et vous, quelles sont vos madeleines musicales ?, je me surprends à mentir. Je réponds : « J'ai ta main » de Charles Trenet. J'adore cette chanson qui ne m'évoque aucun souvenir. Ou plutôt si, mais récent. La dernière fois que j'ai vu Martha, chez elle, à

Paris, nous étions sur le canapé et nos doigts ont joué quelques secondes ensemble. C'est l'une des plus fulgurantes aventures érotiques de ma vie. Nous n'étions pas seuls, alors elle a retiré sa main. Mais peut-être ne nous serions-nous pas autorisé ce tendre abandon sans la présence d'un public. Peu importe. Ce qui me fait encore frémir, c'est que cette main qui fait pleurer le monde en jouant Schumann ou qui réveille les morts d'un déluge d'octaves de Prokofiev est une main d'enfant dont le frôlement fugace m'a fait revivre « l'innocent paradis plein de plaisirs furtifs ». Et ce souvenir, lorsqu'il me traverse, s'accompagne non de Schumann ou de Prokofiev mais du refrain de Charles Trenet que je me surprends, comme en ce moment même, à chantonner en souriant.

Françoise Hardy prétend que M *est l'une des consonnes les plus euphoniques dans une chanson. Avec* V, *ajoute-t-elle après réflexion. Cette découverte me plonge dans une demi-*

rêverie. Je pense au Mont Valérien, par monts et par vaux, à la Vierge Marie. À « m'aimez-vous ? », voire à : « mémé ! vous ? » (dirait Oriane de Guermantes en visite inopportune chez Jupien), à Louise de Vilmorin et au fameux « Je ne vous aime pas, je ne vous aime pas… » de Madame de…

Mais V *et* M, *c'est surtout la vie et la mort et je mets longtemps avant de m'en apercevoir. Mozart et Verdi. Mars et Vénus. La Villa Marguerite de Mme von Meck, la protectrice de Tchaïkovski, à Arcachon. C'est aussi Victor et Maman du livre de Benoît.*

Mais il n'y a pas que m *et* v *dans la vie, il y a aussi* p *et* m.

Je divise le monde en deux : papa et maman. Paris et Marseille. Pascal contre Montaigne. Picasso versus Matisse. Tout ce qui profère p est masculin, rude, ce qui murmure m est féminin, ondoyant. Pelléas et Mélisande. Paul (mon sévère grand-père) et Marguerite (ma grand-mère chérie). Polonaise qui pétarade ou mazurka qui musarde.

Ça devient obsessionnel. À tel point que je me demande si je vais rester à Paris ou m'installer à

Marseille pour mes vieux jours. Je n'en dors plus la nuit, je compte les plus et les moins. Vivre avec papa ou avec maman, être du côté de la police ou des manifestants ? Je suis déchiré et seul au monde.

La Moitié du Monde

J'aurais aimé succomber aux charmes de l'Iran dans de meilleures conditions, mais à dire vrai je n'ai rien vu du paysage persan : il a défilé grandiose sous mes yeux mouillés. Margot condamnée, en maigre sursis, et maman couchée, souffrant atrocement du dos, toutes deux sous cortisone, tandis que je rejoins la « Moitié du Monde ». Car tel est le surnom poétique d'Ispahan dont les roses ont été chantées par Leconte de Lisle et Gabriel Fauré. La raison en est simple : Esfahân (en farsi) rime avec l'expression glorieuse « nesf-e-jahân » (moitié du monde), mais un poète a aussi dit un jour que la cité aux mille jardins et fontaines contenait la moitié de la beauté du monde.

La beauté est odieuse loin de ceux qu'on aime, mais d'une certaine manière, je n'étais pas si distant de mes deux malades. D'abord la carte de l'Iran ressemble à un chat qui dort. Le chat du shah. Les oreilles écoutent la Turquie, les pattes avant tiennent l'Iraq en respect, l'Afghanistan a droit au gros dos tandis que le postérieur est dévolu au Pakistan. Et puis notre guide nous a appris un joli proverbe persan : « Sous les pieds de la mère se trouve le paradis. » Paradis étant un mot d'origine persane comme pyjama ou bazar, et même comme « échec et mat » (la mort du roi) ainsi que Jean d'Ormesson l'apprit de la bouche de Jorge Luis Borges. J'étais donc bien dans la zone d'influence de Margot et de maman.

L'Iran me fascine depuis que j'ai découvert le cinéma iranien. Avant de voir les films d'Asghar Farhadi, jamais je n'aurais imaginé me sentir aussi proche de ce peuple, de sa finesse, de sa complexité. J'ai été touché par les regards doux et francs des habitants de ce merveilleux pays, plus que par les paysages désertiques entre Kerman et Yazd ou les montagnes impressionnantes qui rythment la route séparant Chiraz d'Ispahan.

À Chiraz, la ville des poètes, des roses et des rossignols, je me suis recueilli sur la tombe de Hâfez qui y a passé toute sa vie. Daniel Barenboim évoque parfois le nom de ce grand poète lyrique du XIVe siècle, car l'orchestre israélo-arabe qu'il a créé à Weimar avec l'écrivain palestinien Edward Saïd emprunte son nom à un recueil de Goethe, le *Divan occidental-oriental,* très influencé par l'épicurisme de Hâfez. On y trouve notamment *Suleika* que Schubert a mis en musique et qui était pour Brahms « le plus beau lied au monde ». N'ayant pas eu plus tôt la curiosité d'aller à la rencontre du chantre de la beauté des filles et des garçons, de l'ivresse, du libertinage, du mal d'amour et de l'absence, j'en ai eu la révélation éblouie à Chiraz. Ce n'est pas l'un des moindres paradoxes de lire *L'amour, l'amant, l'aimé* dans un pays où le plaisir semble officiellement condamné, mais où tous les chauffeurs de taxi connaissent quelques vers de ce divin poète qu'ils déclament en slalomant dans les rues.

De même, l'alcool y est proscrit alors que c'est probablement à Chiraz que le vin fut inventé. Et tandis que le héros national persan raille l'hypocrisie religieuse et les faux dévots dans ses ballades mystiques, le voile persistant des femmes se réduit peu à peu comme peau de chagrin et met en valeur leurs regards brûlants qui semblent peints par un Napolitain de la Renaissance mollement admonesté par Rome.

Durant tout le voyage, je prends des nouvelles de ma mère qui doit trouver le temps long couchée sur son lit, le dos en compote, abrutie par les neuroleptiques dans la journée et souffrant d'insomnie la nuit. Elle me répond : « Douleur toujours intolérable. Reste à faire une tonne d'examens. Et toi, tout va bien fiston ? » Je lui raconte donc en quelques mots ce que j'ai vu, exagérant mes impressions pour la distraire. Elle me conseille de bien profiter de ce voyage. De son côté, il lui faut prendre son mal en patience. « Je prie les dieux de la Perse et de la Mésopotamie pour que tu ailles mieux. – Qu'ils t'entendent !!! » Son sens de l'humour est intact. Quand elle me demande en quelle langue je communique avec les autochtones, je lui dis qu'on se débrouille avec un sabir international, mais que les personnes âgées et cultivées parlent un beau français. Elle me répond : « Comme chez nous en somme. »

Le lendemain, je lui décris la hauteur des montagnes, l'éclat de Persépolis, le parfum des roses, le charme des caravansérails. Elle a un peu moins mal au dos, mais se sent abrutie par les médicaments. Dans l'autobus qui me conduit à Ispahan, tout enthousiasmé par la poésie de Hâfez qui m'exalte, je lui envoie des vers pour lui remonter le moral.

Le trésor de la solitude possède un talisman
magique...
Gémis donc pauvre rossignol
car ton cri nous va droit au cœur.

Je sens qu'elle est charmée par cet esprit raffiné qui lui fait oublier la douleur et stimule son imagination. Je lui envoie d'autres vers à boire. Elle jubile : « J'ai l'impression de participer à ces belles découvertes, et ces magnifiques poèmes me mettent du baume au cœur. » Alors je poursuis après un coup d'œil distrait aux majestueux canyons couleur terre de sienne brûlée :

Le vent et moi sommes deux gueux
des vagabonds
des inutiles.
Nous sommes enivrés tous deux
par ton parfum et par tes yeux.

Notre bus s'arrête pour prendre de l'essence. Deux chauffeurs de camion m'invitent à partager le thé sur un drap posé à l'écart. Avec leurs énormes mains, ils pourraient facilement me broyer la tête d'une pichenette, mais leurs yeux sont amicaux. Nous n'échangeons pas un mot et nous nous comprenons très bien. Je leur montre mon livre bilingue, leurs yeux s'allument, ils me récitent plusieurs vers mélodieux d'une voix rocailleuse.

De retour dans le bus, je me plonge de nouveau dans le livre de poèmes et, soupirant aux vers les plus beaux, j'envoie à maman :

Mon visage est poudreux et mes yeux pleins
de larmes
mais c'est de ce mortier qu'est fait l'azur du ciel.

À Ispahan, la riche mosaïque des deux mosquées sur la place royale aux proportions idéales fissure ma mélancolie. Le ciel d'avril est bleu cobalt et la température d'une douceur d'hermine. Comment va ma *petite mère* aujourd'hui ? « Pas trop mal, mais j'attends mon poème du jour, je commence à devenir exigeante. » Je lui dis que je lui ai trouvé un beau cadeau (c'est un tapis, mais chut !). Et je poursuis mes envois en tapotant sur le clavier de mon téléphone. Heureusement, le réseau routier iranien est excellent et m'épargne les soubresauts et les fautes de frappe.

Ouvre ma tombe après ma mort
Et regarde bien la fumée :
Du feu de ma passion pour toi,
Au linceul elle est consumée.

Ce n'est pas macabre du tout. Aucun danger d'éveiller des pensées mortifères à travers une telle puissance d'évocation. De même *La Jeune Fille et la mort* ou *Le Voyage d'hiver* de Schubert n'instillent nulle idée noire, mais élèvent l'âme. Encore ? Maman me dit oui, oui…

De Margot, j'ai quelques nouvelles, bien que les photos (MMS) n'arrivent pas à franchir la barrière du serveur iranien. Yohan me dit qu'elle mange du steak haché, le lendemain, du bœuf bourguignon, et même des haricots verts. Je lui écris : « Dites-lui que je pense à elle. » Il me répond : « Elle vous écoute tous les soirs. » Nous nous voussoyons, c'est un jeu entre nous ; un jeu précieux quand on vit ensemble, pour maintenir une distance de protection et se protéger de la promiscuité. J'écris : « Embrassez-la de ma part. » La réponse de Yohan est amusante, ambiguë et touchante : « Vous lui manquez… et à elle aussi. »

Ce qui me convainc que Margot est un être exceptionnel, c'est que nous n'en parlons pas de la même manière, Yohan et moi, même si nous l'aimons autant. Aussi étrange que ça puisse paraître à ceux qui n'ont pas d'atomes crochus avec les animaux, Margot n'est pas la même avec moi qu'avec Yohan. On a l'impression que nous parlons de deux êtres distincts. Comme deux enfants parleront différemment de leur mère car, s'il s'agit de la même personne, ce n'est en aucun cas la même relation.

Dans un livre, l'histoire, le style passent au second plan. Ce qui importe, c'est le nombre de m *et de* p. *Je les compte. Tiens, dans « compte », nous avons un* m *muet et un* p *caché. Égalité. Ainsi dans* Monsieur Proust *(égalité encore) de Céleste Albaret, je lis cette confidence de l'écrivain rapportée par sa domestique : « J'aimais beaucoup Papa. Mais Maman, le jour où elle est morte, elle a emporté son petit Marcel avec elle. » Notez au passage l'émouvante et enfantine répétition de « elle ». Une formulation trop parfaite n'aurait pas le même impact. Au total : 14* m *et 8* p. *Sur le plan arithmétique, la messe est dite. Remarquons aussi l'équilibre dans son nom : Marcel Proust. Le prénom à la mère* (m)*, le nom au père* (p)*, ce qui est logique. Idem pour Marcel Pagnol, mon autre héros littéraire.*

Le mot « parfum » possède une drôle de magie. Il commence par un p *sonore et finit par un* m *troublant la diphtongue nasale.*

L'expression « Paris vaut bien une messe » me charme et m'éblouit par son équilibre parfait.

Et si le « patrimoine » est transmis d'abord par le père, la part de la mère n'en est pas moins centrale.

M *et* P *ne s'opposent pas toujours. Quand ils s'allient, rien ne leur résiste. Ainsi la Messe pour le Pape Marcel de Palestrina (MPMP) qui a sauvé la polyphonie au* XVIe *siècle à Saint-Pierre de Rome. La musique peut leur dire merci.*

M *et* P *trouvent un équilibre dans l'expression « mon pote » et le perdent si j'avoue qu'un ami me manque.*

Mehdi

« Je crois que je n'aime jamais
les gens longtemps, excepté les morts. »

Louis Malle

Il ne savait ni griffer ni ronronner. Pourtant Mehdi était une sorte de chat égaré dans un siècle d'acier, errant dans les ruines de Rome, sautant d'une colline à l'autre sous l'œil indulgent et amusé des dieux. En observant son sommeil innocent, Saint-Exupéry aurait parlé d'un « Mozart assassiné » prédestiné à une vie courte et peu glorieuse. D'emblée, la bienveillance naturelle qui émanait de son rire enfantin me plut. Avant de le rencontrer, je n'aurais jamais imaginé que la gentillesse pût être une arme de séduction aussi redoutable. Il faut du temps pour l'éprouver. À vingt ans, on passe à côté de ce trésor caché. Sa bonté le distinguait d'entre tous et signait du même coup sa vulnérabilité.

Je l'ai vu pour la première fois à la sortie d'un bar de nuit, quand l'aube pointait doucement. Il riait aux larmes avec des amis. Il riait si intensément qu'on avait l'impression qu'il faisait l'amour au monde entier. À tel point que l'acte physique en devenait presque superflu, quand tout passait déjà par les yeux, les dents, et un corps secoué de joie de vivre. Ça m'a fasciné. Je le fixais, mais il ne me regardait pas. Il ne voulait séduire personne, ses yeux ne cherchaient pas l'aventure, il riait. À ma surprise, j'en ai ressenti un picotement de jalousie. Légèrement éméché, je l'ai abordé sans façon. Dans son regard, j'ai lu que mon culot ne lui déplaisait pas. Ses amis n'ont manifesté à mon égard ni hostilité ni intérêt particulier. Il a continué de blaguer avec eux, mais j'ai senti qu'une partie de lui restait avec moi. À cause de son rire qui sonnait un peu plus faux et de son regard en partie occupé à éviter de croiser le mien. C'était plus joli et plus charmant que s'il m'avait jeté des clins d'œil à la dérobée. Quand je lui ai proposé de me suivre, il a pris congé de ses amis et m'a emboîté le pas comme si la chose allait de soi. Nous avons marché côte à côte sans nous parler, sans même nous présenter, jouissant de l'étrangeté de ce moment suspendu.

Le lendemain, il est parti sans me laisser son numéro de téléphone. Au mal de tête du réveil s'ajouta la peine d'avoir laissé échapper un oiseau de paradis.

Trois jours plus tard, j'avais fait le deuil de cette rencontre, évaluant les chances très minces de le retrouver. De la même façon qu'on se souvient plus facilement d'un mot oublié ou qu'on retrouve un objet égaré quand on cesse de les chercher, je l'aperçus par hasard, marchant face à moi d'un pas de chat qui a la journée devant lui et l'espace à discrétion. Il parut étonné de ma joie de le revoir et surpris de mon empressement à griffonner ses coordonnées.

De cet instant, je crois, nous ne nous sommes plus quittés. Certes il disparaissait souvent à l'orientale. Prétextant une course de cinq minutes et réapparaissant plusieurs heures plus tard. Je ne lui posais jamais de questions. Non que son autre vie ne m'intéressât pas, mais je n'avais nulle envie d'attiser en moi une jalousie tyrannique et obsessionnelle. Si on ne la nourrit pas, elle dort comme un serpent sous sa roche. Mais si l'on réveille son appétit d'ogre, elle vous dévore morceau par morceau.

L'amour, c'est peut-être la quantité d'incertitudes sur l'autre qu'on est capable d'accepter. C'est pourquoi l'amour pour les chats est infini, car jamais ils ne perdent leur mystère. Avec Mehdi, j'étais Aphrodite en personne puisque je ne savais rien de lui. J'étais aussi Narcisse, puisque j'avais l'impression d'être toute sa vie.

En amour, on croit toujours s'améliorer en ne commettant plus les erreurs du passé, mais on ne fait qu'éviter un piège connu pour tomber dans un piège encore inconnu de nous. Sécuriser la zone pour éviter tout naufrage émotionnel revient à bétonner la mer avant de prendre le large. Triste croisière !

Parmi de nombreuses qualités, Mehdi avait la faculté de s'adapter aux goûts de ses proches. C'est tout naturellement qu'il s'est mis à devenir familier de mes centres d'intérêt, en particulier de la musique classique. Ayant été mis à la porte de ses deux parents qui vivaient séparés, il avait acquis une aisance sociale au contact de ses amis et amants. À la manière des cocottes du XIXe siècle, il s'était recouvert d'un vernis culturel, grâce à ses protecteurs successifs. Il s'exprimait normalement, pas du tout comme un banlieusard. Il attrapait au vol des expressions qu'il réutilisait sans toujours les comprendre et pas forcément à bon escient. Quand je l'ai rencontré, il était dans sa période « c'est le cas de le dire ». Par exemple : « Il fait froid ce soir. C'est le cas de le dire », et de cligner de l'œil d'un air entendu.

Au bout d'un moment, j'ai fini par lui expliquer son erreur. Il a d'abord eu l'air méfiant, puis vexé, avant de finalement en rire de bon cœur. Pour le taquiner, je ravivais parfois le souvenir piquant de ce cuir sémantique en lui disant : « J'ai faim, c'est le cas de le dire » ou « Si on allait au cinéma, c'est le cas de le dire », ce qui provoquait chez lui des grognements boudeurs précédant la boxe et les rires. J'ai parfois dû laisser échapper cette plaisanterie devant des tiers non prévenus, suscitant chez eux un instant de perplexité.

Mehdi était très attaché à sa grand-mère restée au bled. Il ne pouvait évoquer la tendresse qu'elle lui prodiguait, ou avaler le lait fermenté qu'elle lui avait appris à boire chaque jour « pour vivre longtemps », sans avoir les yeux qui brillent. Hélas, les remèdes de grand-mère ne protègent pas de tous les dangers qui guettent les chats perdus sans collier. Mehdi cachait un penchant pour les paradis artificiels. Il m'a fallu longtemps pour m'en rendre compte. Les personnes souffrant d'addictions ont développé de telles défenses et mis au point de tels contournements pour dissimuler leur dépendance qu'il est difficile de mettre à jour l'emprise qui les gouverne, et qui expliquerait pourtant une bonne part de leur comportement.

Certes Mehdi avait toujours un peu de cannabis sur lui. J'ai appris plus tard qu'une amie médecin qui terminait ses consultations par un petit joint rituel lui avait avancé plusieurs fois des euros dans l'espoir d'une livraison qui tardait à se manifester. Confier de l'argent à un drogué ! Autant mettre ses économies chez Goldman Sachs ou livrer ses pensées intimes sur Facebook.

Un jour, j'ai été mis devant le fait accompli. Mehdi, qui connaissait mon coiffeur, m'a prié de le saluer de sa part. Longtemps je ne lui ai pas obéi. Non par appréhension de découvrir quelque chose de louche, mais pour demeurer fidèle à mon protocole sentimental. Las ! les promesses et les contrats sont appelés tôt ou tard à être trahis.

D'une voix couvrant le vrombissement des séchoirs, j'ai fait passer le message. Sa réponse m'a stupéfié. Le coiffeur a d'abord eu l'air étonné qu'il fût encore vivant : « Tant mieux s'il a tout arrêté, mais il n'est pas passé loin. » J'ai d'abord cru qu'il se trompait de personne. Les images d'épouvante montrant des camés en manque, les dents rongées et les bras grêlés, capables de tuer pour une dose, ne cadraient pas du tout avec ce garçon si gentil, toujours prêt à faire la vaisselle ou à câliner mon chat. J'ai cessé d'être son client à partir de ce moment, tant il est vrai qu'il n'est pire sourd que celui qui ne veut rien entendre.

J'ai fait pleurer Mehdi deux fois et je m'en veux encore. Une fois, alors que nous nous promenions dans les rues de Paris avec une amie, je leur ai faussé compagnie sans un mot d'explication. J'ai toujours agi ainsi pour me sentir libre. Mes proches savent que je peux me sauver d'une soirée sans crier gare. Comme Brigitte Bardot dans *Et Dieu créa la femme*, « je n'aime pas dire *au revoir* ». Il m'est même arrivé d'organiser un dîner et de sortir sur la pointe des pieds en plantant là les invités. Bref, j'ai disparu ce soir-là et je n'en suis pas fier. Quand je suis rentré, mon amie n'était pas fâchée d'aller enfin se coucher après avoir vainement tenté de justifier ma conduite. Mehdi a éclaté en sanglots : « Je t'aime comme un dingue et tu t'en fous. » C'était la première fois qu'il me disait qu'il m'aimait. J'ai eu l'impression de jouer dans un mélodrame. Alors j'ai fait ce que le metteur en scène exigeait de moi, j'ai posé sa tête sur mon épaule et j'ai pleuré aussi.

C'est la seule fois de ma vie que j'ai eu l'impression que jamais plus je ne serais abandonné. Je me trompais, car j'ignorais qu'il était déjà engagé auprès d'un rival imbattable qui le dévorait à petit feu. Et qui sait si, par désir mimétique, par soif d'absolu, ce n'est pas cette force sournoise qui m'a attiré quand je l'ai rencontré, cette visiteuse fatale que je suivais à la trace depuis mes plus jeunes années, et dont j'avais entrevu le charme diabolique derrière un si gentil visage.

J'ai fait pleurer Mehdi une seconde fois lors d'un dîner chez Nathalie, rue du Vieille-du-Temple. Elle vivait à cette époque avec un ami qui rentrait de Nouvelle-Calédonie. Mehdi et moi venions juste de nous réconcilier après une période de brouille. Pour égayer la soirée, il nous avait rapporté de l'herbe censée déclencher un état d'hilarité. Après le repas, quelqu'un a roulé un pétard. J'ai été le premier à rire. Nathalie et son ami riaient de me voir rire. Mehdi se forçait un peu. Lui qui avait un rire naturel semblait l'avoir perdu à cause de cette substance. Pour le dérider, je me suis levé et j'ai dit « I apologize » en m'inclinant. Tout le monde a pouffé sauf mon camarade. J'ai dû répéter deux cents fois « I apologize » tout en me tenant les côtes.

La drogue ne rend pas intelligent ou heureux, elle donne seulement l'illusion de l'être.

En écartant nos inhibitions, elle nous prive d'une part de notre substance, elle remplace la recherche de la joie par une euphorie mécanique et fait de nous des *monstres gentils*. Plus je disais « I apologize », plus Mehdi me regardait avec tristesse et plus je riais. Ses larmes coulaient, je riais aux larmes. C'était atroce.

Sous l'influence de psychotropes, on ne révèle pas le fond de sa personnalité, on n'est pas davantage absent de soi-même, on perd juste un peu de son humanité. Disons que l'hyper-réceptivité au monde créée par la drogue n'est plus assortie d'un verrou social et qu'elle en est même détachée, comme chez un sujet pervers ou *fanatisé*.

C'est évidemment la maladie de Margot qui m'a replongé dans l'histoire de Mehdi qui demeure comme une énigme associée à un sentiment de culpabilité. J'ai eu d'autres histoires plus violentes, plus folles, plus douloureuses, mais c'est lui que je croise souvent dans la rue. Comme je croise souvent ma mère aussi. Toutes les femmes au visage tendu et mélancolique qui avancent d'un pas décidé ressemblent à ma mère. Tous les garçons qui marchent au hasard, sans souci du temps qui passe, font réapparaître Mehdi.

J'aime parler de lui lorsque je suis avec Benoît et Victor. Ils l'ont connu et l'aimaient bien. Nous avons parfois dîné tous les quatre à la manière de ces couples qui s'invitent, unique exemple quasi folklorique de ce type de relation dans ma vie. Benoît aime Victor comme je n'ai pas su aimer Mehdi. Je m'apitoie sur moi-même quand j'évoque son souvenir. Ils m'écoutent un peu gênés, vaguement navrés, ne sachant que dire.

Vivant, Mehdi ne m'a jamais fait souffrir. Aujourd'hui qu'il n'est plus là, une culpabilité me tenaille, augmentant d'année en année au lieu de s'apaiser. Une culpabilité proche de celle d'avoir perdu mes chats. Une culpabilité légère, dormante, à fleur de peau. La culpabilité de n'avoir pas tout fait pour le sauver.

Dans un premier temps, nous nous sommes quittés bons amis. Et puis son numéro de téléphone a changé. Je n'ai plus eu de nouvelles de Mehdi pendant deux ou trois ans. Peut-être plus… Un soir, l'un de ses amis antiquaire, le seul dont je connaissais le nom car il le faisait parfois travailler, m'a contacté la voix blanche. Il m'a averti que Mehdi était au plus mal. Sans réfléchir, je l'ai rejoint. Dans la voiture, il a expliqué que Mehdi se laissait aller, qu'il vivait dans un squat avec des gens louches. L'un d'eux le manipulait et exerçait une influence néfaste sur lui. Nous avons roulé pendant un temps indéfini et nous sommes arrivés à destination. L'endroit était sordide. Par chance, son gourou n'était pas là.

Quand je l'ai aperçu, des larmes me sont montées aux yeux. Il n'était plus qu'une ombre. Le visage était effrayant, les joues creuses, la peau si fine qu'elle allait se déchirer, les os saillants, les yeux charbonneux, enfoncés dans les orbites. Une tête de mort. Il a bredouillé d'une voix tremblante : « Qu'est-ce que vous faites là ? Vous êtes dingues ? » J'ai laissé son ami répondre. Il a dit quelques mots d'usage pour établir un contact. J'étais abasourdi. Il m'a fallu quelques secondes pour réagir. Un traitement de choc s'imposait. Estimant que le temps des convenances était dépassé, je lui ai signifié sans ménagement et d'une voix très calme qu'il allait mourir.

Les yeux fuyants, l'air aussi furieux que son délabrement physique le lui permettait, il a marmotté : « Mais… t'es dingue ? » J'ai répété qu'il n'était plus qu'une loque, un fantôme, un spectre. J'avais la sensation de percer une épaisse couche de bitume au marteau-piqueur pour parvenir à son état de conscience. J'ai répété qu'il allait mourir, sans arrêt. Pendant un quart d'heure, il n'a su que répondre : « Mais t'es dingue. » Aussi mécaniquement que mon « I apologize ». Et puis j'ai senti que la victoire était proche lorsque ses larmes ont commencé à couler. Les mots restaient dans le déni, obstinément – « Mais t'es dingue ? » –, seulement une porte s'entrouvrit dans son cerveau. Il a commencé à éprouver un peu de pitié pour lui-même.

Sentant que c'était le moment ou jamais, j'ai ferré : « Tu vas venir avec moi à l'hôpital. On va te soigner. » Il s'est laissé faire. Son petit corps débile, étrangement propre, s'est appuyé sur mon épaule. J'ai prié pour que son gourou ne rentre pas à ce moment-là et l'empêche de sortir. Il ne disait plus « t'es dingue ». Dans la voiture, j'ai pris rendez-vous pour le lendemain matin à l'hôpital. L'antiquaire nous a conduits chez moi. Mehdi a mangé un peu et s'est allongé sur le lit. Je me suis couché à côté de lui. Il était si fragile que je l'ai trouvé beau et le lui ai dit. Il m'a répondu « t'es dingue » avec sa tête de mort, souriant pour la première fois. Et nous nous sommes endormis dans les bras l'un de l'autre.

Mehdi est entré directement en pneumologie. Je venais lui rendre visite deux fois par semaine, apportant parfois un plat que j'avais préparé pour le changer de la nourriture d'hôpital. Il était égal à lui-même, vif, souriant, altruiste, remontant le moral des autres malades, ce qui était sa manière à lui d'aller mieux.

Il est allé ensuite dans un centre médical à l'extérieur de Paris et j'ai eu moins souvent de ses nouvelles. Sauf qu'un jour, il m'a demandé si je pouvais lui donner un disque de Wagner pour un malade piqué de cette musique. Quand il en est sorti, je l'ai hébergé le temps de sa convalescence. Puis il est parti après que je lui eus répété mille fois de bien prendre ses médicaments. Je n'ai plus eu de nouvelles jusqu'au jour où l'on m'a dit qu'il avait été de nouveau admis à l'hôpital. Sa famille avait renoué le contact avec lui et interdit toute visite, dressant un mur avec son ancienne vie. Six mois plus tard, j'ai su qu'il était mort et que l'inhumation avait eu lieu hors de France. Mon beau chat du désert redevenait poussière.

Serai-je gentil ou méchant aujourd'hui ? Méchant. Et malheureux forcément. Ce n'est pas ma faute s'il n'y a pas de m *dans « gentil ». Qui suis-je pour m'opposer au pouvoir des lettres ? Moi, leur humble serviteur.*

Le mot en m *le plus important ? Celui qui les contient tous et sans lequel il n'y a plus d'humanité, plus de civilisation, plus rien. Le mot « mémoire », doublement pourvu. Sans elle, ce petit livre s'évanouit. Et toutes les bibliothèques du monde entier sont englouties dans le néant.*

Le mot le plus souvent dit au moment de la mort ? « Maman ! » Même par ceux qui l'ont perdue depuis longtemps. Et les orphelins de naissance, que marmonnent-ils ?

Le mot en m *le plus dur ? Misère. « Misère de l'homme sans Dieu », écrit Pascal. Misère de l'homme tout court, répond ma mère. Le mot figure dans l'une des chansons les plus noires de Coluche : « Misère, misère ! C'est toujours sur les pauvres gens / Que tu t'acharnes obstinément. » Et aussi dans mon refrain préféré de Charles Aznavour : « Il me semble que la misère / Serait moins pénible au soleil. »*

Mais une fois encore, c'est Chateaubriand qui emporte la palme : « L'homme n'a pas une seule et même vie ; il en a plusieurs mises bout à bout, et c'est sa misère. » Infinie désolation de la virgule, banalité de la conjonction de coordination, neutralité du pronom démonstratif, tristesse de l'apostrophe, passivité du verbe d'état, tout s'accorde à ce que le mot « misère » dégringole et s'écrase à terre pour ne former, vu du ciel, qu'un minuscule point noir.

Mort de Margot

« Chante, rossignol, chante
Toi qui as le cœur gai
Tu as le cœur à rire
Moi, je l'ai à pleurer. »

Retour d'Iran : câlins et mamours. Malgré son état d'épuisement, Margot accourt en claudiquant sitôt que je l'appelle, et mes yeux s'embuent de reconnaissance. Je me répète ce mot : « Reconnaissance », le titre de mon passage favori du *Carnaval* de Schumann. Quand je suis à mon bureau, elle n'a plus la force de sauter, mais encore de jouer en se cachant sous la chaise, alors je triche un peu et je l'aide à grimper. Elle escalade mon bras avec la lenteur calculée des pèlerins de Solutré sous le cagnard de Pentecôte. Puis s'étale d'un coup sur mon épaule comme on se jetait sur les lits enfants. Ou comme s'écroulaient les vieux caïmans de la Mitterrandie parvenus au sommet, courtisans ahanant et grimaçant, épuisés, en nage.

Elle frotte sa tête contre la mienne, manquant de tomber dix fois et se rattrapant par miracle d'un coup de griffe assez ferme pour s'empêcher de se rompre les os et assez retenu pour m'épargner toute douleur. Elle m'enivre de douceurs. « Laissez-moi appuyer, ne fût-ce qu'en rêve, ma vie contre la vôtre », aurait dit Chateaubriand. Je me contente de chantonner le mot de l'Enchanteur. Puis elle disparaît, tel Chérubin par la fenêtre de la Comtesse, soudain vive, espiègle, et trottine lestement sous les azalées du balcon.

Quand Yohan passe l'aspirateur dans le couloir, il s'arrête à la porte de ma chambre et vérifie que Margot n'est pas dans les parages. Si elle dort dans une pièce, il ferme la porte pour la préserver du bruit et s'en va poursuivre plus loin son vrombissant ménage. Elle gît au milieu du tapis, à l'épicentre de nos vies.

Ce matin, mercredi 3 mai, le ciel menace. Certes notre Margot a ses humeurs, ses moments de forme ou de méforme. Mais là quelque chose nous dit qu'une partie d'elle s'en va doucement. Dans la cuisine, près du robinet qui coule, son regard est fixe et ses yeux flottent dans le vague.

Marguerite Duras associe l'odeur de la mort à l'héliotrope et au cédrat, dans une chanson très ridicule, et la lèpre à une odeur de fleurs. Mon odorat n'est pas aussi raffiné, mais une bise coupante et glaciale me souffle que l'heure des adieux est proche. Je porte son corps noir, osseux et silencieux chez le vétérinaire. Les examens de sang sont mauvais. Elle a encore maigri, sa peau est jaune sous sa robe d'ébène. La créatinine a monté en flèche, les globules blancs ont augmenté au-delà du raisonnable. L'euthanasie est évoquée en douceur, de manière métaphorique d'abord, puis concrète. Selon la praticienne de garde, il faut commencer à l'envisager, car son état va se dégrader inexorablement.

Le regard triste et déchirant de Margot m'arrache le cœur. Je suis prêt subitement à tout arrêter et je n'en reviens pas. Maintenant, là, tout de suite, c'est si facile. Mais je n'ai pas le droit de priver Yohan du dernier adieu. Et si je l'appelais pour qu'il vienne me rejoindre, il me ferait changer d'avis, ou alors je perdrais courage le temps qu'il arrive… Je rentre à la maison, *la mort dans l'âme*, un cliché dont les mots sonnent d'une façon neuve à mes oreilles et résonnent jusque dans les os de ma mâchoire.

Le bilan désastreux que je brosse, répétant comme un perroquet les conclusions du vétérinaire, laisse Yohan de marbre. Son optimisme imperturbable m'ôte tout courage et me ferait presque croire qu'il est midi au milieu de la nuit. Tout à l'heure, quand j'ai décidé de la conduire à la clinique, il m'a dit : « Demande-leur des vitamines pour la tonifier un peu. » Des vitamines pour un cancer généralisé, il ne changera donc jamais !

Margot s'allonge sous le piano dont elle a toujours aimé la sonorité. Je lui joue le mouvement lent de la *Sonate en do majeur* de Mozart, l'un de ses morceaux préférés. Pas de réaction, son regard reste fixe et lointain. Je la caresse, mais elle n'a plus la force de ronronner. Je tente de distraire son attention en lui chuchotant des mots doux qui restent enfoncés dans ma gorge serrée. Les yeux brouillés, je réussis, Dieu sait comment, à capturer avec l'objectif photographique de mon téléphone le vide sidéral de son regard. Je suis fasciné par ce regard qu'aucun acteur ne pourrait imiter, qu'aucun peintre ne saurait reproduire. C'est la Mort vue en face, acceptée sans lutte, attendue selon un temps qui n'est plus le nôtre.

Il faut que je file à la radio où l'on m'attend. L'émission est une torture. Chose étrange, mon invité reste coi pendant près de dix secondes (une éternité en radio !) après une question qui tourne autour de Dieu… Rétrospectivement, il m'est très difficile de ne pas y lire un signe annonciateur. Après l'émission, je rallume le téléphone. Message de Yohan, en larmes : « Margot est *partie.* » Nous nous sommes souvent moqués des gens qui évitaient le mot « mort » comme les acteurs le mot « corde ». Devant le fait accompli, lui non plus n'a pu le dire. Nous sommes tous semblables, là, faibles et démunis. Anticipant un accès de jalousie, il me dit gentiment qu'elle a quitté ce monde bercée par ma voix. Il m'avertit que Margot est sur mon lit, il se sauve, il doit retrouver des amis.

Margot est morte à côté du bureau où j'écris ces mots, m'invitant pour ainsi dire à graver son tombeau, elle qui a toujours aimé me voir écrire, comme tous les chats du monde qui savent d'instinct que la littérature est leur jardin.

Elle avait l'habitude de s'étaler de tout son long sur mon agenda, montrant ce qu'il y avait d'enfantin à découper le temps en tranches quand nous avions tout le nôtre alors. Il nous a été chichement compté depuis, mais nous avions raison d'être insouciants puisque ces heures enfuies sont en nous désormais.

Je la caresse, j'embrasse son pelage encore chaud. Le raidissement cadavérique est entamé. Elle a les yeux ouverts, sans aucune expression. Je la caresse sans me lasser, encore et encore. Mon ange part comme il a vécu, sur la pointe des pieds. La vie lui aura épargné la dégradation, l'immobilité des derniers jours. Aux dires de ses sbires terrorisés, Staline aurait fait sous lui avant de crever seul. Mon petit chat qui n'a jamais fait de mal à une mouche est resté digne jusqu'au bout.

Je sens son odeur ; ce n'est pas l'odeur de la mort. Point d'héliotrope et de cédrat. J'aime son odeur. Je l'embrasse et plonge mon nez dans sa robe comme un enfant se colle aux jambes de sa mère. Il me semble l'entendre encore ronronner faiblement. Je palpe ses veines, je cherche son cœur, n'est-ce point un petit battement là ? Ce serait trop horrible qu'elle vive tout en restant raide, elle qui a toujours été la souplesse même. Non, non, je délire, c'est le battement de mon propre cœur, ce qui est bien naturel puisque c'est là qu'elle se cache maintenant. Mais le doute me tiraille de nouveau. J'appelle le vétérinaire. Il me suggère de toucher sa pupille. Pas de réaction. Elle est bien morte. Je suis rassuré ; en miettes, bégayant, le cœur pesant des tonnes, mais rassuré.

Je cherche une musique. Mes doigts choisissent le mouvement lent de l'ultime *Concerto pour piano en si bémol majeur* de Mozart dans lequel François Mauriac distinguait une plainte qui ne s'adresse plus aux hommes mais à Dieu, un reproche d'enfant perdu dans la jungle. Venu d'une autre étoile, continue Mauriac, Mozart jouait pour cacher ses larmes, larmes qui ruissellent dans cet andante et qu'il ne prend plus la peine d'essuyer. Larmes qui inondent la robe de *mon cher petit fou*.

Je me couche à ses côtés, sa tête sur mon bras comme avant la maladie. Ses pattes sont raides et reposent sur ma poitrine, on dirait qu'elle s'étire sur moi et qu'elle va dans un instant se pelotonner dans ma chaleur, sensuelle et coquine à la fois. Elle me regarde, je la vois, nos pupilles se vrillent, unies comme le piano et l'orchestre dans un trille.

J'enveloppe son petit corps dans un linge et je l'embrasse une dernière fois. Au moment de la déposer dans un sac, l'une de ses griffes me pique le doigt. C'est la première fois qu'elle me griffe. Vais-je dormir pendant cent ans ? Puis je me dis qu'elle veut emporter une goutte de mon sang dans la tombe.

Elle est morte un mercredi de mai, veille de l'Ascension, comme si elle savait.

Je revois la prise de sang qui m'a semblé importante, trop pour un animal si faible… C'est peut-être ce qui a accéléré son départ. Comme les saignées ont hâté la mort de la mère de Mozart, pas très loin d'ici, rue du Croissant. J'y penserai cette nuit, pour l'instant je suis trop fatigué.

Au matin, je me dis que Margot m'envoie un message que je dois décrypter par-delà les nuages. Manie si humaine de vouloir donner du sens à ce qui n'en a pas, mais illusion plus poétique que la sècheresse de l'athéisme, plus douce que l'impasse du nihilisme.

Le surlendemain, je la sors du congélateur et l'emmitoufle dans une de mes écharpes préférées. Je la glisse avec précaution dans le panier où elle a l'habitude de voyager. Oui, je sais, je ne suis pas fou ! Accordez-moi le droit d'user du présent de l'indicatif pour quelques heures encore. Avant de me rendre chez le vétérinaire, on s'attarde au square le plus proche de chez moi. Je m'assois sur un banc, sous un marronnier, et là, face à la nature, observant le vent qui fait frissonner les feuillages, parmi de vieux Chinois qui exécutent leurs silencieux rituels de sémaphores, je plonge ma main dans le panier et caresse ma douce amie une dernière fois. Son pelage est tendre comme un duvet de chaton, je passe mon doigt sur son museau, ses oreilles, sa bouche, ses pattes, ses coussinets, son cou… Et puis mes jambes se lèvent lentement comme si j'allais voler au-dessus de la ville et la rejoindre.

Je signe les formulaires d'incinération individuelle. Dans deux semaines, j'aurai la canope remplie de cendres. J'irai à Marseille pour les disperser dans la mer avec ma mère.

Plus tard, lorsque je serai rentré à Paris, Yohan ira à Compiègne pour un tournage avec Thomas. Sage décision me dis-je. « Compiègne » et « Thomas » entrent dans mon système et pas seulement à cause du M. *C'est à Compiègne que Desnos en partance pour le pays des ombres animait encore des séances de poésie dans les geôles de la Gestapo. Et c'est Thomas d'Aquin qui a dit qu'il était plus beau de transmettre aux autres ce qu'on a contemplé que de contempler seulement.*

Yohan m'envoie un SMS (j'aurais préféré un MMS) où est écrit : « Je suis avec Nadim qui te donne le bonjour. Le monde est petit. » Je lui demande qui est Nadim. Et là il m'explique que c'est le violoniste tunisien que j'ai rencontré en Iran. Il a un m *dans son prénom… À la fin et pas au début, soit, mais puisque les Arabes lisent de droite à gauche, la dernière lettre est la première. Il fait partie du groupe de musiciens de Thomas. Thomas qui m'a prêté son appartement à Marseille. Là où j'ai été si heureux avec ma mère. Là où nous avons refait le chemin en arrière. Là où commence ce livre. Nadim a demandé des nouvelles de Margot (je lui avais confié ma douleur). Yohan a répondu qu'elle venait de nous quitter. Nadim en a conclu qu'elle m'avait attendu pour partir. Comme le chien Argos attend vingt ans le retour d'Ulysse, reconnaît son maître, pleure et meurt… Seul un être merveilleux peut avoir ce genre de pensées délicates. Mais n'allons pas plus vite que la musique, « n'anticipons pas » comme dit Ménélas dans* La Belle Hélène, *et laissons l'amitié sur la mule aller bon train.*

Le chat de La Marsa

« C'est le père Lustucru
Qui lui a répondu :
Mais non, la mère Michel,
Vot'chat n'est pas perdu. »

Un vent léger et parfumé se lève sur la baie ensoleillée de La Marsa. C'est aujourd'hui l'anniversaire de Martha, et j'ai moi aussi reçu un cadeau. Un chaton me mordille les pieds. Il est blanc avec des taches rousses aux oreilles et sur la queue. Blanc comme le chaton que soigne en cachette le gamin du film *Une enfance* de Philippe Claudel. Dans quelques minutes, il va miauler pour monter jusqu'à mon épaule droite, sa place préférée quand j'écris. Comme s'il laissait vacante la gauche en souvenir de Margot qu'il a peut-être croisée dans les limbes.

Ce matin, alors qu'il était pelotonné contre moi sous les draps, je me suis dit que ma noiraude m'envoyait ce blanc-bec, parce qu'elle ne supportait pas de me voir triste. Découpant un morceau du nuage auquel elle a ajouté une paire de moustaches et un nez rose. Une amie chère m'a dit : « Vous avez remarqué que le deuil des animaux est plus fort qu'un deuil ordinaire, mais qu'il se répare plus vite ? Même si l'on n'oublie pas. »

Au début, quand Lotfi, un ami tunisien touché par mon chagrin, m'a apporté ce petit sac à puces, j'ai mis du temps à l'aimer. La preuve : je ne lui ai pas donné de prénom tout de suite. Je l'appelai « petit chat » ou « mon coco », c'est tout. J'attendais quelque chose. Un déclic. Ou la permission d'aimer de nouveau. Il miaulait de façon épouvantablement perçante. Au bout de deux jours, j'ai pensé : « Que Lotfi revienne le chercher demain. » Et puis la nuit suivante a été la bonne. Comme s'il avait senti l'urgence de l'ultimatum, il est resté collé à moi en ronronnant. Il me cherchait en miaulant dès que je m'absentais. Nous ne nous sommes plus quittés. Je l'ai pris en photo sous toutes les coutures. Dès qu'il disparaît de ma vue, je m'inquiète à mon tour et je l'appelle. J'ai surtout peur du gros chat sauvage qui traîne sur la terrasse et qui l'a repéré. Il pourrait n'en faire qu'une bouchée, furieux de constater que « son » territoire est occupé. Qui c'est le père, demande Marius, celui qui donne la vie ou celui qui paye ? Et César a cette réponse inspirée par le ciel : « Le père, c'est celui qui aime. »

Dans une heure, je vais faire le marché. Ce midi, François G. et sa délicieuse femme Alima viennent déjeuner. Je les ai invités pour les remercier d'un dîner où j'ai pu rencontrer Hédi Kaddour, l'auteur des *Prépondérants,* qui m'a paru très sympathique. Ce déjeuner n'est en rien une formalité, car j'aime beaucoup François et Alima. Lui est un vrai mélomane passionné. Il passe tout son temps libre sur des sites très pointus à la recherche de nouveaux pianistes jouant des répertoires rares. Il connaît un nombre phénoménal de partitions oubliées, de musiques et de musiciens inconnus. Du reste, il a d'abord connu la fille d'Hédi Kaddour, excellente pianiste, avant de lire ses livres. À la fin du repas, c'est désormais un rituel, François pose son téléphone sur la table, branche un haut-parleur et nous fait passer une sorte de quizz. Nous essayons de deviner quel est le nom du compositeur qui a ses faveurs du moment. Mardi dernier, c'était Hans Pfitzner. Introuvable !

Hier soir, j'ai proposé à Yassine de composer le menu et de préparer le repas. Il a pris son rôle très au sérieux, se plongeant dans les livres de cuisine. Son choix s'est porté sur une salade tunisienne (tomates, concombres, poivrons, piments, pommes, oignons coupés tout petits, avec menthe sèche, citron et huile d'olive), quelques briks au thon puis du loup farci aux amandes et aux raisins secs. Il m'a montré l'alléchante photo sur le livre de cuisine en me demandant : « Qu'est-ce que tu penses ? » Il m'a emprunté cette question dont j'use souvent en oubliant exprès le « en » qui serait plus correct. C'est Martha qui interroge ainsi son entourage sur les choix qu'elle doit faire : « Je n'ai pas envie d'aller jouer à Berlin. Qu'est-ce que tu penses ? » Je lui ai fauché l'expression qui a tout l'air d'un anglicisme, par jeu et sans m'en rendre compte. C'est assez drôle de penser que Yassine l'a adoptée en s'imaginant que c'est du bon français et que j'aurai été le trait d'union linguistique entre deux personnes de deux continents extra-européens qui avaient peu de chances de se rencontrer.

Demain, je rentre à Paris et j'ai bien l'intention d'emmener le chaton blanc avec moi. La législation est très stricte avec les animaux dont les vaccins doivent être à jour, mais il est trop petit pour être vacciné. Il faudrait attendre trois mois. Impossible ! Je compte sur le bon cœur des douaniers tunisiens et français ainsi que sur le charme personnel de mon nouveau camarade. J'ai préparé tout un laïus, ce qu'il faut dire et ne pas dire, larmes comprises si ça s'avère nécessaire. Je le mettrai dans mon sac de voyage sur une pile de tee-shirts, et le reste de mes affaires ira dans ma petite valise noire, les deux bagages en cabine.

Pour l'habituer à demeurer dans le sac, j'effectue avec lui un parcours de reconnaissance au marché couvert de La Marsa Plage. Comme je le craignais, il est très hostile à cette promenade. Ses miaulements suraigus se distinguent nettement malgré l'agitation qui règne sur le vaste stand des fruits et légumes, très achalandé en cette veille de ramadan. Je le sors du sac, espérant qu'un câlin le calmera. Pas du tout. Il se débat en lançant de petits cris stridents et furieux. Ça promet pour demain. Toujours confiant, Yassine me dit : « Je suis sûr que ça va bien se passer, Zitoune. » Il m'appelle ainsi que m'avait affectueusement baptisé mon oncle Jeannot, *zitoune* signifiant « olive » en arabe.

Je me raccroche à son optimisme. Il me faut fabriquer des mensonges crédibles : ce chaton est né en France, il a passé très facilement le contrôle à l'aller, tout le monde l'ayant trouvé si mignon… Je montrerai l'ordonnance du vétérinaire tunisien chez qui je l'ai conduit pour prouver qu'il y a bien eu suivi médical. C'est une simple prescription de vermifuge, mais ici un simple coup de tampon sur une page à en-tête suffit pour libérer la conscience d'un fonctionnaire zélé. Jointe par téléphone, une amie pilote de ligne me suggère de préciser qu'il s'agit du vétérinaire « accrédité par Air France ». Une manière de recouvrir l'entourloupe d'un sceau de légalité.

Lundi 6 juin, jour du grand départ, lendemain de la bougie supplémentaire que Martha a soufflée à Berlin, premier jour du ramadan ici, premier voyage en avion d'un petit Tunisien âgé de cinq semaines. L'entrée dans le hall de l'aéroport de Tunis-Carthage comporte un premier filtrage. J'emprunte la deuxième entrée, celle où il n'y a jamais personne, car tout le monde s'agglutine à la première. Je pose ma petite valise sur le tapis roulant, puis le sac de voyage. J'ai pris soin de ne rien avoir de métallique dans mes poches au passage du premier portique, car le temps d'être palpé superficiellement par le factotum, le sac pourrait tomber du tapis et être recouvert par la valise du voyageur suivant. RAS. Le vigile est occupé avec quelqu'un d'autre, ce qui me permet de récupérer prestement mes bagages.

En me dirigeant vers le comptoir d'enregistrement, je me demande encore s'il vaut mieux poursuivre mon opération commando ou régulariser la situation du chaton en payant un billet. Mais sans passeport sanitaire de l'animal, c'est impossible. Restons donc dans l'illégalité et hardi petit. Je suis calme, souriant. Personne au comptoir « sky priority » accessible avec ma carte de fidélité. Je m'apprête à faire la queue comme tout le monde, pour ne pas me faire remarquer, quand une employée ouvre le comptoir privilégié et m'invite à m'y présenter. Je tends mon passeport. Deux bagages à main ? Oui. Mon niveau de fidélité me le permet aussi. Elle vérifie sur son terminal et opine du chef. Va-t-on me demander de peser mes bagages ? Non. Le chaton est toujours silencieux. Une crainte me traverse : a-t-il assez d'air ? Comme ces passagers clandestins malchanceux, va-t-il finir mort étouffé ? En traversant le hall d'un air dégagé, j'entrouvre la fermeture éclair et je glisse ma main à l'intérieur du sac, comme un inquiet vérifie qu'il n'a rien oublié. Le chaton dormait et se réveille en sursaut. Je me suis fait du souci inutilement et je risque de tout gâcher. Par chance, il se rendort aussitôt.

Avant d'entrer dans la salle du contrôle des passeports, je me rends compte que j'ai oublié d'exiger le coupon coupe-file pour profiter d'un passage théoriquement plus rapide en cas d'affluence. La chance me sourit encore :

la salle est quasi vide. Pas besoin de passe-droit. Un douanier est seul à son poste, j'y vais. Il consulte mon passeport, le feuillette, scrute son écran d'ordinateur, me demande ma profession d'un ton soupçonneux. Après un temps, il donne plusieurs coups de tampon qui résonnent comme des coups de fusil et me rend le document libérateur d'un air las.

Arrive l'une des phases les plus délicates : le filtrage de sécurité. Je n'ai rien dans les poches, pas de ceinture au pantalon. Mon ordinateur est dans ma valise ainsi que ma trousse de toilette. J'ouvre ma valise et dépose les objets litigieux dans un bac. En Tunisie, pas besoin de sortir les liquides de moins de 100 ml dans un sac en plastique, mais je m'y souscris quand même, on ne sait jamais. J'ai des baskets qui ne feront pas biper le portillon, mais, ne voulant prendre aucun risque, je les enlève et les pose sur le tapis roulant. Une fois que mes effets personnels sont bien passés sans accroc, je confie mon sac aux rayons X en croisant les doigts. Rien ne se produit. Pas de bip quand je passe le portique. Pas de réaction de l'employé qui somnole, peut-être déjà épuisé à cause du début du ramadan. Peut-être n'a-t-il rien vu parce que le chaton dort. Je prie pour qu'il ne se réveille pas. Le temps d'enfiler mes chaussures et de renouer les lacets me paraît infini. Je remets l'ordinateur et la trousse de toilette dans la valise. Je récupère mon sac.

Première grande victoire. Pas de passage en boutique *duty free*, on ne sait jamais. Un ancien membre de la police secrète du temps de Ben Ali, rompu à toutes les arnaques, s'est peut-être reconverti en agent de sécurité. Je me dirige d'un pas léger vers la porte d'embarquement 59 où le vol est annoncé à l'heure. Alors que l'aéroport de Paris est secoué par les grèves contre la loi travail, Tunis l'orientale s'est adaptée à la précision occidentale et nous donne même des leçons. Je me place près du comptoir d'embarquement mais pas trop près, au cas où le dormeur miaulerait soudain.

Je repense à cette jeune vétérinaire de La Marsa qui a ausculté mon petit camarade la veille du départ. Elle l'avait trouvé si mignon. Quand je lui ai parlé de mon projet, c'est elle qui m'a conseillé de passer en fraude : ce sera 50 % de chances. Si l'on découvre le pot aux roses ce sera au pire l'euthanasie, au mieux la quarantaine. Puis, elle s'est adressée directement au chaton : « Si tu veux aller en France, il faut que tu sois très sage. » J'ai ri sur le moment, mais je me demande si elle n'était pas un peu sorcière. Ou si l'animal n'a pas compris, d'une façon encore inconnue de l'éthologie, que son destin allait dépendre de son attitude durant quelques heures fatidiques. Après tout, le chat est un animal étonnant, capable de retrouver son domicile à des centaines de kilomètres ou de rester vivant après une chute du sixième étage. Pourquoi pas d'accorder son instinct de conservation à mon rythme intérieur le temps de traverser cette zone de turbulence. Or il se trouve que je suis incroyablement calme dans cette salle d'embarquement qui se remplit peu à peu.

J'ai quarante-cinq minutes d'avance. En temps ordinaire, j'aurais lu pour tuer le temps ou regardé un vieux film en noir et blanc sur mon ordinateur. Mais je veux savourer chaque seconde de cette aventure. Ou plutôt, même apparemment calme, je suis dans un état de concentration extrême qui m'interdit tout délassement superflu. Peut-être que je ressemble à un kamikaze préparant un sale coup. Je fais attention à ne pas avoir le regard fixe et la sueur qui perle. Dans une série américaine, j'ai appris que c'est parfois ce qui trahit les criminels sur les caméras de surveillance qui montrent une foule agitée, dispersée, sauf eux dont les gestes paraissent trop calmes, trop maîtrisés.

Je me détends et je regarde des enfants jouer bruyamment sous l'œil mollement réprobateur de leurs géniteurs. Normalement, je pesterais intérieurement contre ces sales gosses, déplorant une fois de plus l'éducation trop permissive des parents modernes et l'effondrement de l'autorité. Mais aujourd'hui, je suis ravi, compréhensif, d'une tolérance sans bornes : ces cris de sauvageons couvriront idéalement les éventuels miaulements intempestifs d'un chaton affamé ou apeuré. Je ne l'ai pas trop nourri pour éviter le délestage organique inopiné et malodorant. Le risque, c'est qu'il crie famine.

Je téléphone à Yassine pour le libérer. Il attendait dans sa voiture, sur le parking de l'aéroport, au cas où. Il me répète qu'il est persuadé que ça se passera bien et me souhaite bonne chance pour la suite. Je lui promets une prime en cas de succès. Histoire d'attendrir le ciel.

Appel micro : le vol Air France à destination de Roissy-Charles-de-Gaulle est prêt pour l'embarquement. Que le temps a passé vite ! Ça me laisse rêveur. On n'est jamais sûr de rien avec le temps. Je m'étais préparé aux minutes les plus longues de ma vie, mais non. Mon hyperréceptivité a accéléré l'impression de durée. C'est l'ennui qui rend tout interminable. Je me lève avec une souplesse qui m'étonne. Valise à la main gauche, sac sur l'épaule. Je suis à un mètre de l'officier de contrôle. Une main se pose sur mon épaule. Mon cœur saute dans ma poitrine. Je me retourne calmement. On me demande de laisser passer une dame affalée dans un fauteuil roulant et son mari qui la suit en traînant deux énormes sacs Tati. Je m'exécute avec une bienveillante docilité. Deux minutes plus tard, l'employée en uniforme me demande mon passeport, je le lui donne en souriant, pas trop, bref coup d'œil, elle me le rend. Je passe la porte vitrée et me dirige à pas comptés vers la passerelle, suivi des autres passagers dont un gosse insupportable qui manque de heurter violemment mon sac en courant dans le couloir. C'était moins une. J'ai esquivé le choc fatal.

À mi-chemin, là où théoriquement nos billets sont déchirés pour ne garder qu'un coupon indiquant notre numéro de siège, l'agent de sécurité nous fait signe d'attendre. Apparemment, le ménage n'est pas tout à fait fini dans l'avion. Ou alors la dame en fauteuil roulant a eu un malaise, on ne sait pas… Secondes angoissantes. La foule s'entasse dans ce petit couloir où la température est élevée et où l'air manque. La promiscuité devient dangereuse pour mon passager clandestin. Impossible d'agir, il faut seulement attendre. Et prier, toujours. Un geste provenant de la porte de l'avion nous libère.

Nous descendons vers le marchepied. J'ai le temps de cueillir un *Figaro* avant de franchir le seuil de l'Airbus A 318. Deux hôtesses de l'air m'accueillent avec un sourire professionnel et une formule de bienvenue. Je me dirige calmement vers ma place. Et m'installe au 16 D. La valise est dans le coffre à bagages, mon sac sur les genoux. C'est la raison pour laquelle je n'ai pas pris un siège « plus » avec supplément de 7 € qui m'aurait offert plus de place pour les jambes. Devant les issues de secours, impossible de garder un sac avec soi au décollage et à l'atterrissage, car il gênerait pour une évacuation d'urgence. Or je dois garder le chaton avec moi. Trop peur qu'il se fasse écraser dans le coffre à bagages par une valise poussée sans ménagement dans le souci d'optimiser l'espace au maximum.

De faibles miaulements se font entendre. Je tousse pour les couvrir. L'embarquement n'est pas terminé. Je plonge ma main par un petit orifice et caresse le plaintif. Il semble rasséréné. Arrive un monsieur tunisien, placé sur le même rang que moi, qui me propose de m'installer côté hublot si je veux bien, car il préfère le couloir. J'acquiesce et je m'y rends. Autant m'en faire un ami. De plus, le personnel risquera moins de percer mon secret à jour si je suis au fond de la rangée. Les miaulements reprennent. Cette fois-ci, une caresse ne suffira pas. Je prends quelques croquettes dans ma poche. Il les croque avec avidité. C'est donc ça, il meurt de faim. L'avion recule enfin. L'homme à côté de moi semble n'avoir rien remarqué, ce qui me paraît fou car les miaulements reprennent de plus belle. Le chat veut sortir du sac. Il n'a que six semaines à tout casser et son front déploie une force démesurée, je lutte fermement. C'est pour ton bien, imbécile. L'avion roule maintenant en marche avant. Les hôtesses miment mécaniquement les recommandations de sécurité que personne n'écoute plus, sauf ceux qui prennent l'avion pour la première fois et que ces précisions inquiètent au lieu de rassurer.

Je me dis que si je suis découvert là, je peux encore être débarqué. « Tout sera plus facile dans les airs. » Cette phrase dite par James Mason dans *La Mort aux trousses* me revient en mémoire. Hitchcock apaise mon stress et l'avion s'élève maintenant vers le ciel en une jouissance métaphorique comparable au plan final où le wagon de Cary Grant et d'Eva Marie Saint pénètre dans le tunnel. Mon chat est sauvé ! Sauf que loin de s'en réjouir, il veut sortir du sac et se moque de mes caresses. Après tout, il a bien mérité de respirer à l'air libre. Je prends le risque de l'extirper du sac et le voici qui découvre la baie de Tunis vue du ciel de ses yeux ronds et vifs. Levant le nez de ses mots croisés, mon voisin se rend compte que nous sommes plus nombreux que prévu sur la demi-rangée et un sourire attendri détend son visage. Il manifeste une curiosité légitime, mais je l'interromps d'un doigt sur ma bouche. Il comprend et m'assure de sa discrétion en clignant de l'œil.

J'ai pris un risque en avouant l'irrégularité à un inconnu, mais mentir à tout le monde n'est pas forcément la solution. Il faut parfois trouver des complices pour se préserver des dénonciateurs. Les fraudeurs pris en faute sont ainsi contraints d'évaluer en une seconde la confiance qu'ils peuvent témoigner à un tiers. La sincérité fragilise, mais se méfier de tous, c'est prendre le risque d'être soupçonné sur un malentendu en se privant de l'appui d'un allié potentiel. Le monsieur tunisien me propose de me prendre en photo avec mon téléphone. Il faut dire que le tableau est touchant. Épuisé par la lutte et sa tentative de fuite, le chaton s'est endormi d'un coup comme un bébé. Il est allongé dans mes bras, la tête posée dans le creux de mon coude droit.

À ce moment, une hôtesse de l'air s'arrête à notre niveau. J'avais prévu de recouvrir mon bras d'un chandail léger. Trop tard. Je sens qu'elle l'a vu, à cause de son corps figé et d'un regard que je devine lourd. Va-t-elle appeler son chef de cabine ? Je lève lentement les yeux vers elle. Son émotion me rassure. Les chats sont sa passion, me dit-elle avec emphase, et elle craque pour celui-ci. Elles sont bientôt trois hôtesses de l'air à contempler ma peluche avec adoration. L'Enfant Jésus ne les émouvrait pas davantage. Aucun reproche, aucune question embarrassante, mais trois paires d'yeux énamourés, trois corps extatiques. Et tant pis pour ceux qui s'impatientent à l'avant ou ceux qui réclament de l'aide à l'arrière. Il n'existe rien de plus important au monde que ce petit rescapé à contempler et à chérir.

Mon dormeur est au pays des rêves. Je le regarde avec tendresse. L'écrivain Paule Constant m'avait parlé d'un photographe qui faisait poser ses modèles devant un animal familier pour faciliter la détente de leurs traits face à l'objectif et capter une lueur lavée de toute dureté. Grâce à ce subterfuge, le plus sanguinaire des dictateurs ressemble de facto à un bon papa gâteau.

Chacun vaque à ses occupations, les boissons sont distribuées, mon voisin reprend ses mots croisés, je berce doucement un chaton clandestin, tout cela est parfaitement normal. J'observe ce corps lourd malgré son faible poids, abandonné en toute confiance dans mes bras, la gueule plongée dans un état de béatitude. Et soudain mon regard se voile. Une larme coule le long de ma joue. Je suis submergé par l'émotion. J'évite de renifler pour ne pas attirer l'attention. Pourquoi suis-je dans un tel état soudain ? Mes nerfs se relâcheraient-ils après une longue tension ? Tension qui a commencé la veille lors de mes essais au marché. Tension qui s'est poursuivie en mode silencieux, qui s'est prolongée la nuit dans un sommeil de sportif avant un marathon. Est-ce la joie d'avoir sauvé une Cosette de la loi de Javert ? Peut-être. L'horrible « justice séparée de la charité » dont parle François Mauriac. Est-ce la mort de Mehdi que j'aspire un tant soit peu à réparer ? Je ne sais pas, tout se mélange dans mon esprit. Et soudain une idée surgit. Je crois pouvoir expliquer mes pleurs : je ne me souviens plus de Margot quand elle était chaton. Tout s'est effacé. Je prends aussi conscience de ma responsabilité vis-à-vis de ce nouveau venu et je sais que ce lien entre nous sera indéfectible. Sa confiance totale témoigne de l'existence d'un pacte sacré, mes larmes sont l'encre bue au bas du parchemin.

Je n'ai pas faim. Je refuse poliment le sandwich que me propose l'hôtesse de l'air d'une voix douce. J'accepte de l'eau. Je la partage avec mon chat qui lape quelques gouttes à même le verre, entre mes gorgées. Je n'ai rien fait, rien lu, rien vu, j'ai seulement rêvassé, et la voix du commandant annonce déjà la descente de l'appareil vers Paris-Charles-de-Gaulle. Dans vingt minutes, nous nous poserons sur le sol français, un autre continent pour cet animal que je n'ai toujours pas baptisé. Il retourne dans le sac, non sans grogner. Je lui fais la leçon en lui parlant doucement. Il semble comprendre que l'heure est de nouveau grave, qu'il va falloir produire un ultime effort, au risque de voir cette histoire se terminer mal.

Autour de moi, je ne sens que des présences amies, des ondes positives, des sourires complices. Au moment de quitter l'appareil, les hôtesses me font une haie d'honneur. À croire que j'ai accouché dans l'appareil ou que je rapporte un Nobel de Stockholm, une médaille olympique de Rio à mon pays bien-aimé. Au bout de la passerelle, pas de vérification d'identité surprise comme ça arrive parfois. Je fonce vers le contrôle des passeports en empruntant le petit train qui part du terminal L vers l'aérogare 2E. Les couloirs, les escaliers mécaniques, les tourniquets, les files balisées se succèdent.

Juste quelques personnes au filtre policier. Je ralentis le pas pour ne pas arriver trop tôt, ce qui m'obligerait à attendre près de la guérite au risque de déclencher un miaulement quand tout est silencieux. J'ai bien calculé mon coup. Je tends mon passeport, regard franc, air dégagé, main qui ne tremble pas. Le fonctionnaire me le rend après un bref coup d'œil. Je passe. Soudain il me rappelle. Je me retourne et le vois sortir de sa guérite. J'ai prévu le coup. Il vient de voir sur son écran que mes papiers ont été volés. Sans un mot, je lui tends ma déclaration de perte dûment tamponnée au commissariat et ma nouvelle carte d'identité toute neuve, preuve supplémentaire de mon existence légale. Il prend les documents et retourne vers son ordinateur. Mon sac est silencieux malgré ce contretemps de dernière minute. De longues secondes s'écoulent. C'est fini. Il me rend mes papiers avec une moue qui signifie tout est en règle. « Vous avez l'air fatigué, me dit-il cordialement. – Je le suis », je réponds dans un sourire.

Marche vers la sortie, passage devant les tapis à bagages. Dernière épreuve : le tamis du rien-à-déclarer qui scrute la lueur de culpabilité ou la trop grande assurance de celui qui passe un produit de contrebande, un vêtement contrefait. Personne. Un attroupement autour de sportifs (footballeurs de l'Euro ?) occupe toute l'attention des douaniers. J'ai réussi. Sans triomphalisme excessif, je me dirige vers les taxis et, ne pouvant plus y résister, je raconte tout à mon chauffeur d'origine maghrébine qui partage ma joie et semble admiratif de mon exploit, mais surtout heureux, comme si ce petit méfait nous vengeait d'une société sans cesse moins permissive. De la même façon qu'un souffle de vent frais dans la chaleur écrasante de l'été ressemble à un signe favorable des dieux.

Au moment où j'écris ces lignes, le chaton me mordille encore les doigts de pied. Maman me demande des nouvelles de son « petit-fils » en riant. Martha le trouve « tellement chou » sur la photo que je lui ai envoyée où il se tient debout, les pattes sur l'écran de mon MacBook et les yeux me sommant de jouer avec lui. Je suis toujours inquiet à cause des multiples dangers de la maison : les fils électriques qu'il adore tripoter et que j'enduis de répulsif chaque matin, mon grand corps qui peut l'écraser chaque nuit en se retournant brusquement, les portes qui claquent dans la journée et le balcon, qui me donne des cauchemars à cause des cinq étages en chute libre.

Mais je suis heureux comme je ne l'ai pas été depuis longtemps. Heureux de presser le pas en rentrant chez moi, heureux quand il ronronne dès qu'il m'aperçoit, et qu'il s'étire en bâillant avant de me lécher le visage.

Voyage éclair dans le sud de la France. Il adopte l'appartement de ma mère et passe le plus clair de son temps parmi les fleurs de sa terrasse. À Paris, j'ai trop peur qu'il tombe en poursuivant un pigeon, mais ici deux rangées de canisse le protègent. Et les innombrables plants d'herbes aromatiques et de fleurs lui offrent un terrain de jeu idoine. Mon regard embrasse les monts Aurélien à l'horizon, le cimetière et les deux cyprès, portes de l'éternité, et derrière moi maman qui prépare à manger. J'ai inséré les *Dichterliebe* de Schumann par Dietrich Fischer-Dieskau dans la platine CD et le « Monat Mai » résonne dans le salon.

Tout à l'heure, nous avons fait une promenade, maman et moi. Après le petit déjeuner, le soleil était déjà chaud alors nous avons choisi un trajet ombragé. J'ai pris les cendres de Margot et nous avons cherché un bel endroit. Nous aurions pu les jeter dans la mer Méditerranée (à cause des deux *m*), mais il aurait fallu prendre la voiture. En marchant, un site idéal est apparu : une clairière au pied de la montagne Sainte-Victoire. J'ai dispersé les cendres parmi des pieds de vigne, sur un chemin qui sent bon le thym et le romarin et où volaient quelques papillons curieux. Ce sentier qui borde la vigne, nous l'appellerons « le chemin de Margot ». Quand je reviendrai, plus tard, je dirai à maman : « On passe par où aujourd'hui ? Par Méséglise ? » Elle rira et me répondra : « Non, il fait beau, prenons le chemin de Margot. » Et nous marcherons d'un bon pas, entre les vivants et les morts, parlant de nous, de ce que nous aimons et de ce qui nous inquiète, tout en admirant le paysage et en prenant garde où nous mettons les pieds. Et mon chat sera grand, et nous penserons à Margot. Et comme mes frères seront peut-être de la partie, j'aurai acheté une ou deux bouteilles du vin issu de ce vignoble pour le déjeuner. Nous l'appellerons du « château-margot » ce qui nous fera rire, car nous avons toujours ri de ces choses, sans nous en moquer, dans notre famille. Et nous célébrerons la vie, celle de Mabrouk puisque je lui ai enfin trouvé un nom. Il faut rouler le « r » si l'on veut bien prononcer. Ce qui nous renvoie à la manière dont parlait Colette avec son accent *boulguignon*. Du reste, j'aime retrouver au Maghreb ce qui était français et qui a presque disparu chez nous, une certaine légèreté de vivre, une nonchalance, une forme de naïveté aussi.

Il me fallait un nom en M à consonance arabe. Ça veut dire quoi, demande maman. Félicitations, je réponds. Eh bien, félicitations ! conclut-elle. À la voir si pleine de joie et d'énergie, libre, je repense soudain au rire de Mehdi. Tout en la voyant s'activer dans la cuisine, je revois les bâillements de Margot, le sourire de Martha, j'entends la musique de Mozart, songeant avec émotion à quel point nous sommes constitués de ceux qu'on aime jusqu'à l'évanouissement de nous-mêmes.

Et, ivre de cette drôle d'idée, tout à ma satisfaction d'avoir cru entrapercevoir une faible lueur de vérité, je regarde Mabrouk avec une tendresse renouvelée. Et à moins que je n'aie cessé de m'illusionner de page en page, cherchant des signes de liaison qui articuleraient mystérieusement des événements indépendants et épars, scrutant des traces de magie pour oublier à quel point la vie peut être si souvent terne et dénuée de sens, je prends conscience que mon chaton ressemble trait pour trait à ma mère battant la campagne d'un pas guerrier que rien ne peut arrêter, lorsqu'il vole une paire de chaussettes à ma barbe et qu'il l'emporte sûr de son fait. Il me rappelle aussi moi, enfant, lorsqu'il se jette sur ses deux colocataires, agressif, insupportable, puis devenant au contraire tendre et câlin sitôt que, moi, « sa mère », je me retrouve seul avec lui. Dans les larges coussins roses de ses pattes puissantes, je revois les pieds de Mehdi qui me fascinaient, car c'étaient des pieds d'Atlas, comme si toute sa force s'était réfugiée là. Quand il se cache et que je le cherche en vain, c'est alors la malicieuse Margot qu'il fait miraculeusement renaître. On comprend mieux pourquoi les Égyptiens de l'Antiquité, qui glorifiaient la mort et chantaient pour la tenir à distance, avaient élevé les chats au rang de divinité. Car tout en ayant son propre caractère, mon diable de félin est si multiple dans ses comportements qu'il porte en lui le souvenir de ceux que j'aime et qui ont disparu, telle une lignée de rois ou de poètes qui auraient chacun greffé une expression originale dans la langue revivifiée. Comme un air ancien à la mélodie obsédante et aux paroles vagues se promène dans nos pensées et se transmet de l'un à l'autre sans que personne sache combien de larmes ont abreuvé ce gai refrain se modifiant sans cesse et se répétant sans fin.

Table

Cet ouvrage a été imprimé par
CPI BRODARD ET TAUPIN
pour le compte des Éditions Grasset
en janvier 2018

Mise en pages PCA
4440 Rezé

PAPIER À BASE DE
FIBRES CERTIFIÉES

Grasset s'engage pour
l'environnement en réduisant
l'empreinte carbone de ses livres.
Celle de cet exemplaire est de :
750 g Éq. CO_2
Rendez-vous sur
www.grasset-durable.fr

N° d'édition : 20218 – N° d'impression : 3025529
Dépôt légal : janvier 2018
Imprimé en France